Nous remercions le ministère du Patrimoine canadien,
la SODEC et le Conseil des Arts du Canada
de l'aide accordée à notre programme de publication

  Patrimoine   Canadian
canadien   Heritage

 Conseil des Arts   Canada Council
du Canada   for the Arts

ainsi que le Gouvernement du Québec
– Programme de crédit d'impôt
pour l'édition de livres
– Gestion SODEC.

Nous reconnaissons l'aide financière
du gouvernement du Canada
par l'entremise du Programme d'aide au développement
de l'industrie de l'édition (PADIÉ) pour ce projet.

Illustration de la couverture :
Adeline Lamarre

Couverture :
Conception Grafikar

Édition électronique :
Infographie DN

Dépôt légal : 1er trimestre 2007
Bibliothèque nationale du Canada
Bibliothèque nationale du Québec

1234567890 IML 0987

Émile Nelligan
ou
l'abîme du rêve

Daniel Mativat

Émile Nelligan
ou
l'abîme du rêve

roman

**ÉDITIONS
PIERRE TISSEYRE**

5757, rue Cypihot, Saint-Laurent (Québec) H4S 1R3
Téléphone : 514 334-2690 – Télécopieur : 514 334-8395
Courriel : ed.tisseyre@erpi.com

Données de catalogage avant publication (Canada)

Mativat, Daniel, 1944-

    Émile Nelligan ou l'abîme du rêve

    (Conquêtes ; 110)
    Pour les lecteurs de 12 ans et plus.

    ISBN 978-2-89051-987-9

    I. Lamarre, Adeline, 1977- . II. Titre.
    III. Collection : Collection Conquêtes ; 110.

PS8576.A828A62 2007   jC843'.54   C2006-942009-2
PS9576.A828A62 2007

*Il n'y a pas de génie
sans un grain de folie.*

Aristote (*Politique*)

*Je tiens à remercier Sylvie
pour les traductions anglaises.*

Avertissement

Ce journal reste une œuvre de fiction bien qu'il suive fidèlement les principales étapes de la vie d'Émile Nelligan et s'inspire des recherches des principaux spécialistes du poète comme Luc Lacourcière, Jacques Michon et André Marquis. La biographie de Paul Wyczynski, *Nelligan, 1879-1941, biographie,* a été également utilisée en ce qui concerne certaines anecdotes et certaines paroles attribuées au poète par des témoins d'époque.

20 décembre 1896

Je suis poète. Je vais avoir dix-sept ans. Je n'espère même pas franchir le cap des vingt ans. Il n'y a pas de place pour moi dans ce pays. Je ne suis pas encore mort mais déjà je n'existe plus. Je ne suis qu'un homme de papier. Toute ma vie se réduit à ce paquet de feuilles sur lesquelles sont griffonnés mes poèmes que je transporte partout dans un carton rouge mal ficelé. Des poèmes que personne ne veut entendre.

Je fuis la maison de mes parents. Je n'ai pas d'amis. Je sais que je bois trop. Si je ne mets pas fin à mes jours bientôt, je mourrai fou comme Baudelaire ou je pourrirai vivant comme Rimbaud qui a fui en Afrique pour échapper à la même malédiction.

Enveloppé dans ma cape noire, mon chapeau melon sur la tête et mon cache-nez noué autour du cou, j'erre dans les rues de Montréal.

Il neige.

Autour de moi les passants ont les bras chargés de cadeaux. À l'instant, dans un joyeux tintement de clochettes, un traîneau rempli de réveillonneurs m'a croisé au coin de la rue. Ils m'ont envoyé la main en criant : « Joyeux Noël ! »

Je n'ai pas l'esprit à la fête.

Et de grands froids glacent mes membres.
Je cherche à me suicider
Par vos soirs affreux, ô décembres !
Anges maudits, veuillez m'aider !

21 décembre 1896

Qui se souviendra de moi dans cent ans ? Je m'appelle Émile Nelligan. Un nom irlandais que je déteste. Le nom de mon père. J'ai essayé de le changer en lui ajoutant un « h » pour faire Nellighan ou en signant mes poèmes Émile Kovar.

Chaque fois que quelqu'un prononce mon nom à l'anglaise, le poil me hérisse et je reprends vertement la personne en lui ânonnant d'un air offusqué : « Né-li-gan » et en insistant bien sur la dernière syllabe. Les gens sont surpris. Ils ne comprennent pas ma rage. Coquetterie d'auteur, excentricité de poète, pensent-ils. Quelle erreur ! En francisant mon nom, je renie l'Irlande et je renie mon père à qui je ne veux rien devoir. Pas même mon nom. En refusant ce patronyme anglais, je proclame bien haut mon appartenance à la culture canadienne-française, à la langue de ma mère. À celle de mes oncles et de mes tantes Hudon que j'aime tant et chez qui je trouve toujours refuge et consolation quand tonne au-dessus de moi la colère paternelle.

24 décembre 1896

C'est le jour de mon anniversaire.

Je suis né la nuit de Noël. En 1879. Un soir glacial balayé par des vents violents. Depuis plusieurs semaines, il neigeait tous les jours et, dans les rues du vieux quartier Saint-Laurent, les bancs de neige étaient si hauts que les passants devaient marcher au milieu de la rue au risque de se faire piétiner par les chevaux ou écraser par les tramways.

Ma mère, Émilie, née Hudon, ressentait les premières douleurs de l'accouchement depuis la veille et la sage-femme, *la pelle-à-feu* comme on disait, avait dû passer la nuit à la maison.

Ma grand-mère Catherine[1] m'a conté que, ce soir-là, elle avait allumé une bougie à la fenêtre de notre appartement de la rue

1. Catherine Flynn (1819-1889), grand-mère paternelle de Nelligan.

De La Gauchetière en priant que le Bon Dieu lui envoie un garçon et qu'il naisse à minuit juste, tel le petit Jésus de la crèche installée sous l'arbre de Noël.

Je dus la décevoir, car je vins au monde quelques minutes avant cette heure solennelle où tous les chantres de village entonnent d'une voix formidable le *Minuit chrétien*. Quand je poussai mes premiers vagissements, mon père avait déjà enfilé son capot de chat et avait quitté la maison avec mes grands-parents pour aller à la messe. Les rues aux vitrines illuminées s'étaient vidées. Ma mère était trop faible pour me prendre dans ses bras. On me mit donc dans un berceau où on me laissa brailler mon désespoir jusqu'au retour de ma famille. Mon père, paraît-il, se servit un grand verre de gin et voulut entrer dans la chambre. La sage-femme le lui défendit, car ma mère et moi nous étions endormis. Il grogna quelques mots de protestation inintelligibles et alla s'affaler dans son fauteuil où il ne tarda pas à ronfler. Au matin, on eut beau le secouer, il ne se réveilla pas, si bien que c'est notre propriétaire qui fut chargé d'annoncer la bonne nouvelle à ma grand-mère qui logeait à l'étage.

— *It's a boy*[2] !

---

2. Traduction : C'est un garçon !

Comme je semblais de santé fragile, on n'osa pas trop spéculer sur mes chances de survie et on s'empressa de me faire baptiser, dès le lendemain, à l'église Saint-Patrice.

Ma mère cependant, contre toute attente, sortit bientôt de sa torpeur et me chercha aussitôt des yeux. Elle me réclama à hauts cris et ma grand-mère me déposa tout emmailloté dans ses bras.

— C'est un fils, lui dit grand-maman Catherine.

— Oui. Comment allons-nous l'appeler ? s'interrogea mon grand-père Patrick qui se tenait dans l'embrasure de la porte de la chambre.

Ma mère ne leur laissa pas le temps d'avancer un prénom bien irlandais et s'écria :

— Il s'appellera Émile.

Mes grands-parents et mon père eurent beau protester que cela ressemblait trop à Émilie, ma mère n'en démordit pas.

On me redéposa dans mon berceau qui était à peine plus grand que ces petits cercueils peints en blanc dans lesquels on place les mort-nés. Petite chose sortie du néant pour entrer dans la vie en hurlant ma peur d'être seul et mon regret d'être né, j'ai toujours été persuadé que le plus grand bonheur aurait été qu'au cours de cette nuit sainte je sois monté au ciel juste après que ma mère m'ait serré contre son cœur pour me bercer et me consoler.

> *Berceau, que n'as-tu fait pour moi tes draps funèbres?*
> *... Ah! que n'a-t-on tiré mon linceul de tes langes*
> *Et mon petit cercueil de ton bois frêle et blanc,*
> *Alors que se penchait sur ma vie, en tremblant,*
> *Ma mère souriante avec l'essaim des anges![3]*

Maman avait vingt-trois ans. Sept de moins que mon père. Ils étaient mariés depuis quatre ans.

D'après ce que j'en sais, mon père, David Nelligan, était arrivé, avec mes grands-parents, de son Irlande natale, à l'âge de douze ans[4]. Mon grand-père Patrick venait de Dublin et était *servant*, c'est-à-dire domestique, tout comme grand-mère. Ils faisaient partie de ces hordes de miséreux chassés par la famine qui, à partir de 1840, s'embarquèrent par milliers vers l'Amérique à bord d'infects voiliers dont la moitié des passagers mouraient à fond de cale, l'autre moitié, dès son arrivée, étant mise en quarantaine sur Grosse-Île, où une bonne partie des survivants succombaient à leur tour, emportés par les fièvres.

Mon père ne mourut ni du choléra ni du typhus. Il ne fit pas grand-chose de sa vie. Son rêve américain fut à la mesure de son

---

3. Extrait du poème *Devant mon berceau*.
4. En 1861.

esprit borné et de la petitesse de ses ambitions. Il devint fonctionnaire. Employé des postes. *Fourth class clerk*[5], avec un maigre salaire tout juste suffisant pour jouer les bourgeois et se donner un air de respectabilité.

Aujourd'hui, docile, bien noté par ses supérieurs, il va à la messe tous les dimanches, fête la Saint-Patrick, donne aux pauvres de la paroisse et passe pour un bon père de famille, ce qui ne l'empêche pas de rentrer régulièrement saoul à la maison et de gaspiller la moitié de sa paye dans les tavernes.

Depuis que je suis tout jeune, il me fait peur.

Grand, maigre, l'œil torve et la moustache en croc bien taillée. Dès qu'il entre dans la maison en se cognant contre les meubles, je me sauve dans ma chambre.

Heureusement, il n'est pas souvent au logis. Surtout depuis qu'il a été nommé *assistant inspector*[6]. Ce poste le force souvent à partir durant trois ou quatre semaines pour vérifier la livraison du courrier acheminé par le train en Gaspésie et dans le Bas-du-Fleuve.

C'est comme ça, d'ailleurs, qu'il a rencontré maman. Dans un bureau de poste. Elle avait dix-huit ans. Elle était orpheline et

---

5. Traduction : employé de quatrième classe.
6. Traduction : inspecteur adjoint.

rêvait de devenir pianiste de concert. Il se débrouillait un peu en français et avait le sang chaud. Timide et très belle, elle sortait du couvent et parlait l'anglais avec une pointe d'accent.

Ils s'écrivirent des lettres…

Je me suis toujours demandé ce qu'elle avait bien pu lui trouver pour en tomber amoureuse. Car, si elle ne s'était pas mariée, elle aurait pu devenir une grande artiste.

Je conserve précieusement un portrait d'elle datant de cette époque. Oui, elle était vraiment magnifique dans sa robe de soie blanche. Un sourire de madone italienne, des yeux perdus dans le lointain, de longs cheveux noués par un ruban. Comment, elle, si fragile, si sensible, si romantique, avait-elle pu se laisser séduire par ce rustre bassement terre à terre? Si loin d'elle. Si loin de moi…

Quand mon père est absent, la vie dans notre coquet cottage en rangée de la rue Laval s'écoule, tranquille, et rien ne semble pouvoir troubler la quiétude presque étouffante qui imprègne notre maison.

Le soir, quand je rentre du collège, mon cartable sanglé sur le dos, je m'attarde une heure ou deux dans le parc et je regarde les enfants jouer. Après souper nous récitons le chapelet. Mes sœurs jouent aux dames et se disputent à voix basse. Je fais mes devoirs. Lorsque la nuit tombe, maman allume la lampe du salon et nous nous rapprochons tous de ce cercle de chaude lumière qui repousse dans l'ombre les meubles massifs et ne laisse plus que deviner les grands vases de porcelaine ornant le manteau de la cheminée. Aux fenêtres, à travers les rideaux de guipure, meurent les derniers rayons du soleil comme les notes ultimes d'un violon qui sanglote. Le silence est si lourd qu'il en devient oppressant. Le tic-tac de l'horloge remplit la pièce entière. J'entends mon cœur battre. Mes sœurs sont déjà montées se coucher. Ma mère continue de lire un moment, assise dans sa bergère. Elle aussi a l'air de sentir une sourde angoisse s'emparer d'elle. Elle se lève et va s'asseoir au piano[7]. Je viens m'allonger sur le canapé, à côté d'elle, la tête sur un coussin.

— Que veux-tu que je joue? demande-t-elle.

— Ce que tu veux… Non, du Chopin. Et ses doigts fins caressent les touches. Moment magique. L'instrument vibre et pleure. Je ne vois plus que la nuque de ma mère et

_____

7. Voir le poème *Prière du soir*.

le léger mouvement de ses épaules. Elle sait que mes yeux sont fixés sur elle, mais ne se retourne pas. J'entends sa respiration qui devient juste un peu plus haletante et la musique dit toute sa tristesse, tous ses désirs inassouvis, comme si son cœur était au bout de ses doigts. Alors elle plaque un dernier accord, fait pivoter son tabouret et me regarde, les yeux humides de larmes. Elle monte ensuite un moment dans sa chambre, puis revient en peignoir. Je me lève à mon tour. Je m'approche d'elle. Elle me tourne le dos et ôte une à une les épingles qui retiennent son lourd chignon jusqu'à ce que ses cheveux noirs cascadent de ses épaules à ses hanches.

— Aide-moi, murmure-t-elle.

Je prends la brosse qu'elle me tend et, pendant de longues minutes, je démêle les boucles rebelles de sa magnifique toison d'ébène. Parfois, un frisson lui parcourt le dos et elle baisse la tête comme si elle priait.

L'horloge sonne.

— C'est assez, souffle-t-elle en m'embrassant sur le front. Bonne nuit!

Et quand elle quitte le salon, il me semble que je ressens plus que jamais le vide affreux des choses et le fardeau pesant de ma jeunesse en deuil.

Pauvre maman, allongée seule, là-haut, dans son lit déserté. A-t-elle seulement idée de mon propre ennui de vivre et des mélancoliques accords que mon âme inconsolable joue sur le clavecin de mes névroses ? Pauvre maman que j'aime tant ! Femme idéale entre toutes. Si proche et si inaccessible. Si fragile, si protectrice et pour laquelle je reste un éternel enfant perdu dans ses rêves nébuleux. Pauvre Émilie, si différente de moi et si semblable à la fois !

Elle a les yeux couleur de ma vague chimère,
Ô toute poésie, ô toute extase, ô Mère !
À l'autel de ses pieds je l'honore en pleurant,
Je suis toujours petit pour elle, quoique grand[8].

24 décembre 1896

Cette année, nous fêterons Noël en famille. *Nollaig*, comme disent les Irlandais. Maman veut que tout soit parfait et dès le début de *little Christmas*[9], elle s'est mise aux fourneaux. Tout excitées, mes sœurs passent leur temps à parer la porte de houx et de gui ou à tresser des couronnes ornées de rubans rouges, verts et dorés qu'elles suspendent aux fenêtres. Père est arrivé un peu plus tard avec un énorme sapin qu'il a planté au milieu du salon

---

8. Extrait du poème *Ma Mère*.
9. Nom que les Irlandais donnent à la période de l'avent.

et, aussitôt, Gertrude a entrepris de le remplir de pommes, d'oranges, de boules de verre, de clochettes, d'étoiles en maillechort et de guirlandes imitant le givre. Comme elle commençait à manquer de munitions et pour compléter sa décoration, elle a ramassé tout ce qu'elle a pu trouver, noix, coquillages, bonbons, et les a emballés dans du papier métallique de chocolat qu'elle conservait dans ses tiroirs depuis un an.

— Regarde comme c'est joli! s'est-elle écriée en me forçant à quitter mes lectures pour admirer son chef-d'œuvre.

Gertrude a treize ans, mais elle est si bébé qu'elle croit toujours au père Noël et que, cette année encore, maman devra lui mettre ses cadeaux dans une taie d'oreiller vide qu'elle placera soigneusement au pied de son lit.

J'espère que ma petite sœur gardera longtemps cette candeur et cette innocence qui la rendent si attachante.

L'an passé, je me souviens de l'avoir vue entrer en pleurs, dans ma chambre, aux prises avec un doute affreux :

— Émile est-ce que c'est saint Nicolas ou l'Enfant Jésus qui apporte les étrennes aux enfants ?

Je lui ai répondu en riant :

— Selon moi, ils doivent se relayer d'une année à l'autre. Pourquoi cette question ?

— Parce qu'il paraît que le petit Jésus préfère ne donner qu'aux enfants pauvres. Est-ce que nous, on est riches, Émile ?

Je l'ai rassurée sur ce point. Mais comme deux précautions valent mieux qu'une, elle a décidé simplement que, d'après ses calculs, cette année revenait à *Santa Claus*.

J'adore Gertrude.

25 décembre 1896

Tout avait pourtant bien commencé. Gertrude, en tant que benjamine de la famille, avait eu l'honneur d'allumer la traditionnelle bougie sur le bord de la fenêtre[10]. La famille au grand complet était là. Tante Elmina, la sœur de maman, toujours aussi contente de me voir. L'oncle Joseph-Édouard, son frère, continuellement de bonne humeur. Le cousin Charles, ma jolie cousine Béatrice.

J'ai eu droit aux compliments habituels :

— Joyeux anniversaire, Émile ! Comme tu as grandi ! Tu es beau comme un cœur ! Et tes études ?

Ma tante m'a couvert de baisers. J'ai embrassé tout le monde à mon tour. Béatrice est devenue toute rouge.

---

10. Celle-ci est censée guider les Rois mages.

Avant de partir pour la messe de minuit en traîneau, Gertrude, comme tous les ans, a fait une scène pour qu'on laisse sur la table de la salle à manger un verre de whisky chaud pour le père Noël et des carottes pour ses rennes.

Père a ronchonné :

— *We are going to be late*[11]!

Mais au bout du compte, comme toujours, on a fini par se plier au rituel.

Au retour, on s'est installés à table et on a mangé à en être malade de la dinde, du jambon, du bœuf épicé des *mince pies* aux fruits et au rhum et du *Christmas pudding* à la prune nappé de crème et arrosé de brandy.

Maman se levait sans arrêt, veillant à ce que le repas se déroule sans anicroche. Tout sourire, elle allait d'un invité à l'autre et à plusieurs reprises, discrètement, elle a parlé à l'oreille de mon père qui n'arrêtait pas de remplir son verre de vin et de s'essuyer la moustache.

On a allumé ensuite les petites bougies fixées par des pinces de bois aux branches du sapin. Père avait beaucoup bu. Il a failli mettre le feu à l'arbre. Mes oncles et mes tantes ont ri. Pas maman.

---

11. Traduction : Nous allons être en retard !

On a distribué les cadeaux. Une poupée pour Gertrude, des bottines neuves pour Eva. Un exemplaire de *La Bonne Chanson* et de *Romances sans paroles* pour moi.

Enfin, suivant la tradition, on est sortis dans la rue. Des *Wren boys* vêtus de vieux vêtements et coiffés de gibus couraient les maisons en chantant :

Angels are singing, silver bells are ringing
Robin sings his merry little song
Time for peace end goodwill
Let's make it last the whole year long[12]...

Mon oncle Joseph leur a distribué quelques pièces de monnaie et les gamins ont entonné de plus belle un autre cantique :

Silent night. Holy night.
All is calm, all is bright[13]...

Père a acheté du vin et du whisky chaud qu'il a distribués généreusement. J'ai entendu maman lui souffler d'une voix suppliante :

— David, ne bois pas trop !

Il a paru très agacé. Plus loin il a rencontré des amis irlandais avec qui il a commencé à

---

12. Traduction : Les anges chantent, les cloches d'argent tintent/ Le rouge-gorge chante sa joyeuse petite chanson/ C'est un temps de paix et de bonne volonté/ Fasse qu'il dure tout au long de l'année.

13. Traduction : Nuit silencieuse. Sainte nuit./Tout est calme, tout brille.

parler politique. Le ton a vite monté. Père a bousculé un de ses contradicteurs qui a riposté d'un coup de poing. Père a glissé sur le trottoir de bois glacé. Il s'est relevé, furieux. Nous nous sommes écartés. Mon oncle a tenté de s'interposer et a eu le nez cassé. Maman était morte de honte. Nous sommes rentrés. La famille a pris congé et tout en enfilant pardessus, pelisses, mantelets et manchons de fourrure, oncles, tantes, cousins et cousines nous ont souhaité un joyeux Noël !

Maman retenait ses larmes.

Père est rentré très tard. Du sang sur le visage. Il a trébuché dans l'escalier menant à sa chambre et a poussé un juron sonore.

J'ai entendu des cris et des protestations de maman :

— Non ! Pas ce soir…

Puis des craquements de lit, des soupirs et des sanglots.

Je déteste Noël.

26 décembre 1896

Stephen's Day. Ce matin, maman a les yeux rougis et bouffis. Elle est restée en robe de chambre jusqu'à midi. Gertrude joue à la poupée. Eva fait semblant de lire et sursaute au moindre bruit.

J'ai demandé où était père.

— Il est parti assister à une course de chevaux sur la glace. Tu veux du gâteau? Il en reste un peu?

— Non merci.

Elle s'est servi une tasse de thé. Ses mains tremblaient et elle a renversé du liquide bouillant sur la nappe de dentelle.

Je suis allé à la fenêtre. Il neigeait.

7 janvier 1897

Mon père est encore venu fouiller dans ma chambre. Il s'est emparé de tous les brouillons de poèmes que j'avais eu l'imprudence de laisser traîner sur la petite table qui me sert de bureau.

Je les ai retrouvés bouchonnés dans la corbeille à papier.

Je le hais.

J'ai demandé à mes sœurs si elles savaient ce que père avait fait du contenu de mon classeur rouge où étaient rangés plusieurs sonnets mis au propre.

Eva a répondu:

— *Sorry, I don't know*[14]...

Elle a rougi. Elle rougit tout le temps quand elle ment.

---

14. Traduction: Désolée! je ne sais pas...

— Moi, je sais! a claironné Gertrude en se balançant sur ses deux pieds, les mains dans le dos.

— Où il les a mis?

— Il a allumé le feu avec! a-t-elle dit en éclatant de rire.

Il y a des moments où je les déteste elles aussi.

Vendredi 29 janvier 1897

Cet après-midi, au collège, le frère Hermas Lalande, mon professeur de latin, m'a surpris en train de gribouiller des vers. L'air de rien, il s'est rapproché de moi et, vif comme l'éclair, il a confisqué mon cahier.

— Voulez-vous bien me dire ce que vous écrivez? Ah, monsieur est poète! Elle est bien bonne, celle-là, s'est écrié mon impitoyable bourreau. Voyons un peu ce galimatias…

Et mon ignoble tortionnaire, sans m'en demander la permission, s'est mis à lire à haute voix mon ébauche de poème devant toute la classe:

> *La brise hurle, il grêle, il fait nuit, tout est sombre*
> *Et voici que soudain se dessine dans l'ombre*
> *Un farouche troupeau de grands loups affamés*[15]…

---

15. Extrait du poème *Paysage*.

— Et vous appelez ces platitudes de la poésie ! s'est-il moqué, triomphant.

Je me suis couché sur mon bureau, la tête entre les mains.

Jamais je n'avais été aussi humilié. J'aurais voulu être six pieds sous terre. Autour de moi, la meute servile des élèves, encouragée par les railleries du frère, hurlait et tapait des pieds. Et l'odieux personnage, au lieu d'avoir la générosité d'arrêter mon supplice, a continué à lire devant la classe. Il a même fait exprès de déformer mes phrases en faisant sonner la rime de manière ridicule et en adoptant à dessein un ton exagérément emphatique.

Enfin, discipline oblige, il s'est tu et a rétabli le silence d'un coup de règle violent sur le bord du tableau noir.

— C'est nul, mon ami le rimailleur ! Des vers de mirliton qui ne valent ni la salive qu'on dépense pour les réciter ni le papier sur lequel vous les avez écrits. Vous feriez mieux d'écouter un peu plus au lieu de rêvasser et de bayer aux corneilles au fond de la classe.

Un discours qui, évidemment, a provoqué de nouveau l'hilarité générale et m'a valu une pluie de boulettes de papier imbibées d'encre, accompagnée d'un concert infernal de couvercles de pupitres qu'on fait claquer en chœur.

Alors, je ne sais pas ce qui m'a pris. J'ai senti monter en moi une grande colère contre ce jésuite ignare puant de la soutane et subitement, au risque d'attirer la foudre sur ma tête, je me suis dressé et j'ai lancé à la face du maître abhorré :

— Monsieur, essayez seulement d'en faire autant !

Comme par enchantement les rieurs se sont tus et le tapage a cessé.

Le père Hermas, quant à lui, est resté un long moment bouche bée avant de virer au cramoisi. Puis, accompagnée de roulements d'yeux furibonds et de crachotements qui ont aspergé copieusement tous les jeunes singes savants des premiers rangs, ma condamnation à mort a roulé comme un coup de tonnerre.

— Espèce d'effronté ! Sortez immédiatement ! Au bureau du préfet de discipline !

Je suis sorti de la classe la tête haute et le sourire aux lèvres.

Par contre, quand mon père reviendra de ses tournées et lira dans mon bulletin scolaire le récit de mes exploits, je doute qu'il éprouve alors la même fierté et la même jubilation que moi au moment où j'écris ces lignes.

10 février 1897

Je ne veux plus aller à l'école. Je n'ai pas le courage de le dire à maman de peur de lui faire de la peine. Chaque matin, je me lève donc à la même heure que d'habitude. Je verse de l'eau dans ma cuvette pour me débarbouiller. J'avale mon petit-déjeuner. Je ramasse mes livres et mes cahiers. J'embrasse ma mère. J'embrasse mes deux sœurs qui partent avec leur sac d'école pour Villa Immaculata. Puis je prends le chemin du collège...

En route, je retrouve Joseph[16], un compagnon de classe de deux ans mon aîné. Je l'accompagne le long de quelques rues. Joseph est poète, lui aussi. Il est tout fier de m'annoncer que son dernier poème vient d'être publié dans *Le Monde illustré*. Il me donne des conseils que j'écoute d'une oreille distraite :

— Le maître à suivre, mon vieux, c'est Boileau. Tu sais ce qu'il disait...?

— Oui, oui. Cent fois sur le métier....

— Non : « Ce qui se conçoit bien s'énonce clairement et les mots pour le dire viennent

---

16. Au collège Sainte-Marie, Nelligan fut le condisciple des deux frères Melançon : Bernard, de deux ans son cadet, était à l'école son compagnon de banc ; Joseph, plus vieux, poète lui-même, deviendra connu sous le nom de Lucien Rainier.

aisément. » Toi, ce que tu écris, on n'y comprend rien. Des rêveries. Un salmigondis de mots rares que tu puises dans le dictionnaire…

C'est généralement, à ce moment-là, que je le quitte.

Joseph s'écrie :

— Mais où vas-tu ?

— Me promener.

— Et l'école ?

— Au diable l'école ! Je préfère courir la prétentaine. Joli mot, hein ?

— Et ta mère ? Qu'est-ce qu'elle va dire ?

— Elle ne le saura pas avant un bon bout de temps et si elle l'apprend d'ici mon prochain bulletin, elle fera comme d'habitude. Elle commencera par se désoler et par invoquer le ciel en se tordant les mains de désespoir. Puis, elle me signera un billet…

— Et ton père ? Le collège finira bien par signaler tes absences !

— Il gueulera. Il me flanquera une paire de gifles. Maman fera alors une crise de nerfs et prendra ma défense. Elle me trouvera mille excuses. Elle m'aura gardé auprès d'elle parce qu'elle était malade. Elle m'aura envoyé faire des courses ou prêter main-forte à ma tante Elmina qui est enceinte. Elle inventera s'il le faut des excursions ou des réceptions que je l'aurais aidée à préparer. Ne t'inquiète pas, je m'en tirerai !

Joseph hoche la tête d'un air mi-désapprobateur, mi-envieux. Puis nous nous séparons.

Moi, je saute dans un tramway et je me rends dans le Vieux. Je flâne entre les comptoirs des librairies. Je m'arrête devant les ateliers des peintres et des sculpteurs. Parfois, je rentre dans celui de Casimiro[17], le parrain de Gertrude, et je l'admire en train de modeler une tête d'ange ou de saint. À côté, il y a la boutique d'un fabricant de cercueils devant laquelle je m'attarde souvent. Je m'imagine couché dans une de ces boîtes vernies, les mains sur le ventre, un chapelet entre les doigts. Cette pensée me fascine et me fait frissonner.

L'été, quand il fait beau, je descends Saint-Laurent et je traverse le *red light* où les filles de mauvaise vie se déhanchent en marchant et me lancent des invitations obscènes qui me font baisser la tête et accélérer le pas.

— Viens, mon mignon! Je ne te ferai pas de mal…

Un autre jour, je pousse jusqu'à la place Jacques-Cartier encombrée de charrettes et d'étals d'habitants venus vendre cochons et légumes. J'aime me mêler à cette foule braillarde et familière qui crache, rit et fume la pipe.

---

17. Casimiro Mariotti, sculpteur italien, ami de la famille.

Une fois je me suis même aventuré dans le quartier mal famé du ghetto irlandais de Griffintown et au milieu des taudis de Pointe-Saint-Charles. Je me suis perdu dans ces rues boueuses aux trottoirs de bois. On y respire l'odeur écœurante des tanneries, des abattoirs, des usines de colle, et chaque cabane recouverte de papier goudronné pue la misère. Que dirait maman si, au lieu de boire le thé en compagnie des dames patronnesses de sa paroisse, on la forçait à pratiquer la charité auprès de ces nuées d'enfants pieds nus, de ces jeunes ouvrières maigrichonnes qui crachent leurs poumons et de ces chômeurs en colère qui se battent avec la police à coups de gourdins, de barres de fer et de sacs de patates gelées ?

L'hiver, mon école buissonnière se transforme en ce que j'appelle ma « bohème blanche » et, lorsqu'il fait mauvais, je trouve refuge dans les lieux de culte. Qu'il se mette à verglacer ou à poudrer, je trouve toujours un moyen de me réchauffer auprès d'un des poêles dans la cathédrale ou je cours me mettre à l'abri dans l'église du Gesù, rue De Bleury, ou à Saint-Jacques-le-Majeur ou encore dans une petite chapelle comme celle de Notre-Dame-des-Neiges. J'attends que la pluie cesse ou que la tempête se calme. J'en profite parfois pour voler quelques chandelles que je cache au fond de mes poches. Quand mon père s'avisera de m'empêcher d'écrire la nuit en me coupant le gaz, je les planterai dans le goulot d'une bouteille pour m'éclairer.

Les rues de Montréal, la rue Saint-Denis, la Catherine, la rue Craig, la rue Saint-Paul n'ont plus de secrets pour moi. Les boutiques des tailleurs juifs, les magasins emplis de femmes élégantes, les châteaux du Golden Square Mile, les bouges à matelots, les bordels et leurs lanternes rouges, les voitures des laitiers, les *cabbies*[18], les fanfares, les parades militaires, les processions religieuses, les raquetteurs en capot blanc rayé sur la montagne, les cigarières délurées sortant des manufactures de tabac, tout séduit mon regard et pique ma curiosité.

Le soir, il m'arrive même de ne pas rentrer. Je vais alors dormir chez Joseph Melançon ou je m'invite chez ma chère tante Elmina, qui me gronde gentiment mais ne me refuse jamais l'hospitalité. Bien sûr, quand j'ai fugué la première fois, maman a failli mourir d'inquiétude et moi, de remords. Mais maintenant il n'est pas rare que je déserte la maison pendant plusieurs jours de suite, déjeunant d'aurores et soupant d'étoiles. Alors, quand la faim me tenaille trop, je mendie ou je fais

18. Cochers.

la queue parmi les pauvres honteux[19] afin de recevoir un bol de soupe chaude des mains des sœurs de la Charité.

Mais ce que maman ignore, c'est que plus mes escapades se multiplient, plus je sens monter en moi une irrésistible envie de partir. Loin. Très loin. New York... Les vieux pays... La France... L'Angleterre. Si j'avais de l'argent, je m'achèterais un billet de chemin de fer.

Hier, je me suis assis sur une bitte d'amarrage dans le port et j'ai regardé les grands voiliers et les *steam boats* se balancer doucement. Au milieu du fleuve, un cargo en partance a salué la ville d'un bref rugissement.

Oui, un jour, las du froid néant de mon existence, je m'en irai.

17 février 1897

Joseph m'a présenté à deux de ses amis qui, eux aussi, touchent la lyre. Arthur de Bussières et le peintre Charles Gill. Charles est un être flamboyant. Il est allé à Paris où il prétend avoir rencontré Verlaine. Il mange du curé et connaît tous les lupanars de Montréal. J'ai eu le privilège d'être invité dans son atelier de

---

19. Cette expression désignait les riches devenus sans le sou qui fréquentaient les soupes populaires le plus discrètement possible.

la rue Chambord. Il y fait poser des femmes nues. Lorsqu'on pénètre chez lui on a l'impression d'être dans une sorte de temple païen, car tous les murs sont badigeonnés de noir et le plafond peint imite une voûte étoilée. Joseph dit que Gill est franc-maçon. S'il ne l'est pas, il se plaît à le laisser croire. Cela auréole un peu plus son personnage de mystère.

Arthur, lui, est bien différent. Il a juste fait un bout d'école primaire et s'est instruit lui-même. Perpétuellement sans le sou, il essaie de gagner sa vie en exerçant trente-six métiers : apprenti confiseur, peintre en bâtiment, décorateur de vitrines... Il est beau garçon. Grand, les cheveux frisés.

Je l'aime beaucoup.

Par contre, il est incapable d'aligner trois phrases de prose, bien qu'il écrive des sonnets sublimes à la manière de Heredia[20]. Il loge rue Saint-Laurent au 543 ¼. Le un « quart » désigne la minuscule mansarde dans laquelle il niche sous les toits. Un trou à rats d'une seule pièce meublé d'un méchant poêle, d'une table bancale et d'une paillasse. Des toiles d'araignées et des bouteilles vides qui traînent partout complètent le décor. Lorsque je

---

20. José Maria de Heredia (1842-1905), poète français de l'école parnassienne, auteur des *Trophées* (1893).

ne sais plus où aller, je suis toujours le bien-venu chez lui.

Arthur est un vrai rebelle qui se moque totalement des conventions. Il est d'une impudeur totale. Il se promène en costume d'Adam et me dit que ça ne le gêne pas du tout que je fasse de même. Dès qu'il touche sa paye, il m'invite et nous vidons ensemble une bouteille d'absinthe, la fée verte des poètes. Ensuite, quand nous sommes complètement ivres, nous ouvrons la fenêtre et nous crions des insultes aux passants ou nous remontons la Main bras dessus, bras dessous en déclamant des vers comme des fous. Les badauds effrayés s'écartent pour nous laisser passer. Parfois, l'un d'eux maugrée :

— *Damn fagots*[21] !

Arthur rit.

19 février 1897

Maman se tourmente pour moi. Elle me dit que j'ai changé depuis que je fréquente Arthur.

— Tu ne m'écoutes plus… Tu découches sans me dire où tu as passé la nuit…

Elle me reproche mes cheveux longs, mon allure débraillée. Pas de cravate, la chemise ouverte.

---

21. Traduction : Maudites tapettes !

— Je t'en supplie. Mets autre chose que cette cape avant de sortir ! Tu as l'air d'un va-nu-pieds !

— D'un poète, maman.

— Il fait si froid… Tu vas attraper la mort. Prends au moins le vieux pardessus de ton père. Et mets l'écharpe de laine que je t'ai tricotée !

21 février 1897

Arthur m'a convaincu de présenter ma candidature à l'École littéraire de Montréal où se rencontre toute la jeunesse lettrée de la ville. En fait, il s'agit d'un cercle d'une vingtaine d'écrivains novices qui se réunissent le samedi dans une salle de l'Université Laval[22], rue Saint-Denis ou chez Louvigny de Montigny pour discuter de littérature et de philosophie. La plupart sont des étudiants. Il y a aussi quelques avocats, quelques journalistes, des libraires, un médecin. Tous plus vieux que moi.

J'ai accepté de soumettre trois poèmes à l'appui de ma demande. On verra bien.

---

22. En 1876, cette université avait créé, à Montréal, un campus satellite.

23 février 1897

Arthur leur a lu mes poèmes. Ils m'ont accepté parmi eux. Ma *Berceuse* leur a beaucoup plu. « Du pur Verlaine », aurait dit Charles Gill. « Oui, de la musique, rien que de la musique ! » aurait ajouté Albert Ferland avec une pointe de jalousie.

> Quelqu'un pleure dans le silence
> Morne des nuits d'avril.
> Quelqu'un pleure la somnolence
> Longue de son exil.
> Quelqu'un pleure sa douleur
> Et c'est mon cœur[23]...

25 février 1897

J'ai assisté à la première séance de l'École littéraire. D'un ennui mortel. Assis à une grande table, ils étaient une douzaine à me jeter des coups d'œil discrets. Ils prenaient des poses avantageuses, cigarette à la main. Certains se penchaient vers leurs voisins en souriant d'un air entendu. J'avais la désagréable impression qu'ils se moquaient de moi.

Le président m'a présenté :

— Notre nouveau membre, monsieur Lennigan.

---

23. Extrait du poème *Berceuse*.

Je me suis levé vivement et ai rectifié :

— Nelligan !

Plusieurs ont lu des textes insipides qui furent reçus par de chauds compliments. Le pire de tous, le plus pédant, le plus gommeux est Albert Ferland. Il nous a servi une de ses puérilités champêtres habituelles :

Lorsque le blanc hiver, aux jours tièdes mêlé
Recule vers le Nord de montagne en montagne,
La gaîté du semeur envahit la campagne[24]...

Sans le vouloir, j'ai poussé un soupir qui m'a attiré des regards réprobateurs.

Je me suis demandé ce que je faisais là. J'ai fermé les yeux et j'ai cessé d'écouter.

C'est l'appel de mon nom qui m'a tiré de ma torpeur.

— Et maintenant, c'est au tour de monsieur Lennigan.

— NELLIGAN ! ai-je à nouveau corrigé.

J'ai récité de mémoire mes trois poèmes en finissant par *Tristia*[25].

Et nos cœurs sont profonds et vides comme un gouffre,
Ma chère, allons-nous-en, tu souffres et je souffre (...)
Il est un pays d'or plein de lieds et d'oiseaux,
Nous dormirons tous deux au frais lit des roseaux (...)
Veux-tu mourir, dis-moi ? Tu souffres et je souffre
Et nos cœurs sont profonds et vides comme un gouffre.

---

24. Extrait du poème *Terre nouvelle*.
25. Poème réintitulé plus tard *Tristesse blanche*.

Ils ont applaudi poliment du bout des doigts, s'abstenant de tout commentaire. Seul Arthur a manifesté bruyamment son enthousiasme en tapant du plat de la main sur la table.

— Admirable !

Moi, je n'ai rien dit. Je me suis rassis et je me suis roulé une cigarette.

Plus tard, dans la soirée, quand la séance s'est terminée, Ferland est venu me complimenter tout en glissant parmi ses flatteries quelques remarques fielleuses, le tout livré sur le ton condescendant du maître reconnu qui s'adresse au jeune néophyte.

— Vous étiez superbe, mon cher ! Quelle allure ! Cette chevelure romantique ! Ces yeux d'acier qui vous jettent des regards méfiants ! Cette façon de réciter vos vers en marchant de long en large avec de grands gestes ! Surtout cette belle voix grave et traînante avec cette délicieuse pointe d'accent anglais ! Vraiment impressionnant ! Par contre, j'aime moins comment vous déclamez l'alexandrin. On dirait que vous psalmodiez. Quant à votre manière de faire sonner la rime…

Je lui ai coupé net la parole.

— Monsieur Ferland, nous n'avons sans doute pas la même conception de la poésie. La mienne ne tient pas dans le discours. Elle ne philosophe pas. Elle essaie de faire chanter les mots.

Il a pincé les lèvres et m'a tourné le dos.

Arthur m'a pris à part au moment où les autres sortaient.

— Décidément, toi, tu as l'art de te faire des amis !

2 mars 1897

Père est revenu plus tôt que prévu. J'avais pourtant noté sur le calendrier la date de son retour afin de m'éclipser à temps et d'éviter un nouvel affrontement pénible avec lui.

Il a surgi à l'improviste, trempé et de fort méchante humeur. Gertrude a couru vers lui en criant : papa ! Eva l'a aidé à ôter son Mackintosh et a pris son sac de voyage. Maman a interrompu la polonaise qu'elle jouait au piano. Il a essayé de l'embrasser sur la bouche, mais elle a détourné le visage pour lui tendre la joue. Elle a grimacé. Il devait sentir l'alcool...

Je suis monté dans ma chambre et j'y suis resté jusqu'au souper.

Maman m'a appelé. Je lui ai crié que je n'avais pas faim.

J'ai entendu mon père grommeler :

— *What is he still doing up there*[26]?

_____
26. Traduction : Qu'est-ce qu'il fabrique encore là-haut ?

— Il ne fait rien, il écrit, a répondu ma mère d'une voix tremblante.

— *Damn scribbling lunatic!* a grogné mon géniteur. *He has better get down here immediately or I will drag him down by the scruff of the neck myself*[27]!

Je suis descendu. Gertrude, pressentant une scène, pleurnichait, penchée au-dessus de son bol de soupe. Eva a baissé la tête. Ma mère m'a servi une louche de potage que j'ai avalé en silence.

Chère maman, elle s'est bien efforcée d'éviter la tempête. Elle a parlé de tout et de rien. Des petits ennuis domestiques. Du tuyau de la baignoire qui fuit. De son prochain bazar de charité. De la tante Elmina qui ne se porte pas bien.

Moi, je savais que je n'échapperais pas à la question fatidique.

Effectivement, à la fin du repas, mon père a ôté sa serviette, s'est essuyé la moustache et m'a toisé d'un regard sévère.

— *My son, where is your quarterly report*[28]?

Maman, sentant l'orage se rapprocher, a pris les devants et a tenté une ultime ma-

---

27. Traduction : Maudit griffonneur malade ! Qu'il descende immédiatement ou je vais le chercher moi-même par la peau du cou !

28. Traduction : Mon fils, où est ton bulletin scolaire ?

nœuvre de diversion pour excuser d'avance mes piètres résultats :

— Nous avons dû aider ma sœur. J'ai moi-même été indisposée. Je l'ai gardé à la maison. Il s'est occupé de moi… Il va améliorer ses notes au prochain trimestre. Il me l'a promis… N'est-ce pas, Émile ?

Mon père, imperturbable, a réclamé à nouveau mon bulletin que maman a fini par lui tendre. Il l'a parcouru sans dire un mot, puis l'a jeté sur la table, qu'il a frappée d'un violent coup de poing.

— *What ! He has not been to school in a month ! Only E's, except in French ! Three hundreds and seventy-nine points on nine hundreds ! He has already failed grammar, and if he does not pull himself together, he will once again be held back a year*[29].

J'ai soupiré. Cela a eu le don de l'exaspérer un peu plus.

— *What is going on in your head*[30] ?

Furieux, il s'est alors tourné vers maman.

— *And you, why don't you keep a better eye on him ? You are to blame ! You have no authority over him. You cover up*

---

29. Traduction : Comment ? Il ne va plus à l'école depuis un mois ! Que des E, sauf en français. Trois cent soixante-dix-neuf points sur neuf-cents. Il a déjà raté sa syntaxe et s'il ne se reprend pas en main, il va à nouveau redoubler !

30. Traduction : Mais qu'est-ce que tu as dans la tête ?

his mischief. Do you at least know where he is when he is not at school? I know. He lazes around in the streets. He wastes his time with that Bussiere fagot and his hoard of good-for-nothings that claim to be poets[31].

C'en était trop, j'ai voulu quitter la table. Il a hurlé.

— Assis! Je n'en ai pas fini avec toi!

Je me suis levé quand même.

Il m'a saisi le bras de sa poigne de fer. Je me suis débattu. J'ai réussi à le repousser. Sa chaise s'est renversée avec fracas. Lui-même a failli tomber. Mes sœurs ont éclaté en sanglots. Il a levé la main, prêt à me cogner dessus.

Maman a poussé un cri déchirant.

— Non! Pas ça, je t'en supplie!

Il a hésité. J'en ai profité pour disparaître.

Pendant une heure, j'ai entendu mon père et ma mère qui discutaient en bas. Lui, pestait en anglais. Elle, tentait de le calmer.

Ma petite sœur est venue frapper à ma porte.

— *Émile, open the door! I am afraid*[32]!

---

31. Traduction : Et toi, pourquoi ne le surveilles-tu pas mieux? C'est ta faute! Tu n'as aucune autorité sur lui. Tu fermes les yeux sur ses frasques. Sais-tu au moins où il va quand il déserte l'école. Moi, je le sais. Il traînaille dans les rues. Il fréquente cette tapette de Bussières et toute sa bande de bons à rien qui se prennent pour des poètes!

32. Traduction : Ouvre la porte! J'ai peur!

Je lui ai ouvert et je l'ai rassurée.

— Quand il aura avalé deux ou trois scotchs, il va se calmer. C'est toujours pareil…

Un peu plus tard, ma mère est montée à son tour. Elle nous a embrassés. Elle avait les larmes aux yeux. Elle a pris Gertrude par la main.

— Allez, viens, toi! Il est temps de te coucher. Et toi, Émile, ne veille pas trop tard! Tu iras au collège demain, hein? Promets-le-moi.

Lâchement, je le lui ai promis.

Quelques minutes plus tard, la lumière qui éclairait ma chambre a vacillé puis s'est éteinte.

Ça y est, ai-je pensé, il me coupe encore le gaz pour m'empêcher d'écrire. Mais, je m'en moque. J'ai une bougie cachée sous mon matelas. Si elle ne se consume pas trop vite, je pourrai travailler une bonne partie de la nuit.

3 mars 1897

J'ai composé quelques vers sur mon père. Il les lira peut-être. Tant pis pour lui…

> On ne le revoit plus dans ses plaines natales
> Fantôme, il disparut dans la nuit emporté
> Par le souffle mortel des brises hivernales[33].

---

33. Extrait du poème *Le Voyageur*.

Je regrette déjà d'avoir écrit ça. Un homme comme lui, sourd à toute poésie, ne peut qu'inspirer de mauvais vers.

4 mars 1897

Il est encore là! Ce matin, maman avait les traits tirés et, en sortant de sa chambre, elle a fui mon regard, comme si elle était gênée.

Demain, s'il ne fait pas trop froid, je coucherai sur les bancs du parc ou bien j'irai chez Arthur en attendant que mon Irlandais de père reparte.

20 mars 1897

Je ne retournerai plus au collège Sainte-Marie. Fini l'école. Fini de perdre mon temps et ma jeunesse. Adieu vieilles soutanes, discours creux et classes à crever d'ennui!

22 mars 1897

L'Amour. Arthur me demande souvent si je me suis fait une petite amie.

— Tu n'es pas encore puceau, quand même! s'indigne-t-il quand je refuse de lui répondre.

Les femmes m'attirent et me terrifient à la fois. Je rêve de conquêtes faciles mais, devant elles, je suis soudain assailli par la honte et l'idée du péché. Cela est sans doute dû à mon éducation chez les frères. Je me mets alors à penser à ma mère. Au chagrin qu'elle ressentirait à me voir vautré dans les bras de la luxure.

> *Et mes rêves altiers fondent comme des cierges*
> *Devant cette Ilion éternelle aux cent murs,*
> *La ville de l'Amour imprenable des Vierges[34] !*

Suis-je vraiment normal? Connaîtrai-je un jour l'amour autrement que dans les vapeurs du rêve? À mon âge, la plupart des garçons ont connu les plaisirs de la chair. Moi, je n'ai que quelques images de femmes pour nourrir mes fantasmes. Béatrice, ma cousine, paradant devant moi dans sa robe de première communiante. Ma jeune voisine, Gretchen, aperçue un jour par ma fenêtre en train de se déshabiller pour faire sa toilette. Cette fille à la voix d'or qui m'avait invité à son anniversaire et qui chantait comme un ange accompagnée par sa mère. Comment s'appelait-elle déjà? Ah! Oui: Édith Larrivée. Et puis, bien sûr, Idola[35]. Nos promenades sur la plage chaque été à Cacouna. Idola riant

---

34. Extrait du poème *Châteaux en Espagne*.
35. Idola Saint-Jean (1880-1945), fille d'avocat, amie d'enfance de Nelligan qui deviendra une des apôtres québécoises du féminisme. Elle fonda, en 1927, l'Alliance canadienne pour le vote des femmes.

aux éclats sous son ombrelle. Idola l'effrontée qui, sans gêne aucune, m'embrassait sur les lèvres quand je la raccompagnais à sa villa après le concert de l'hôtel St. Lawrence Hall.

23 mars 1897

Je suis mort de honte. Hier soir, au coin de Saint-Laurent et Saint-Urbain, j'ai succombé à mes vieux anges impurs.

Elle était jeune. En guenilles. À la lumière des becs de gaz, je l'ai d'abord prise pour une mendiante. Ce sont ses cheveux d'or faux tombant sur ses maigres épaules qui ont capté mon regard. Elle ne demandait que quelques sous. Elle m'a entraîné sous un escalier dans l'ombre d'une cour pleine d'ordures. Elle a collé sur moi son corps décharné. Ses mains ont fouillé mes habits. Elle a gémi. Je n'ai rien senti et pourtant j'ai éprouvé aussitôt le sentiment douloureux d'être souillé à jamais. On aurait dit que cette fille des rues avait soufflé d'un coup le lampion sacré veillant au fond de mon cœur comme en une chapelle.

> *Le cœur de l'homme vierge est un vase profond.*
> *Lorsque la première eau qu'on y verse est impure,*
> *La mer y passerait sans laver la souillure,*
> *Car l'abîme est immense et la tache est au fond*[36].

---

36. Cet extrait de *Rolla* de Musset se retrouvera dans les carnets d'asile du poète.

J'ai l'impression que c'est la Mort elle-même que j'ai tenue brièvement entre mes bras.

À la maison, je me suis longuement lavé en me frottant avec un gant de crin jusqu'à m'en arracher la peau.

Maman s'est demandé ce que je faisais enfermé dans la salle de bains depuis si longtemps. Elle a frappé.

— Émile, tout va bien ? Es-tu malade ?

— Non, maman, ce n'est rien. Juste une légère indisposition.

Je n'oserai plus la regarder droit dans les yeux.

24 mars 1897

C'est le printemps mais les bancs de neige ont à peine fondu et on a l'impression de vivre entre des murs d'un blanc sale. Les déneigeurs, leur pelle de bois à la main, s'affairent à remplir leur tombereau. Les tramways passent dans un bruit de ferraille en poussant devant eux des masses de neige mouillée qui éclaboussent les passants.

Ce matin, j'étais dans la rue Saint-Laurent, luttant contre le souffle mortel des brises hivernales et je ruminais de sombres pensées.

Laissons le bon trépas nous conduire aux Erèbes.
Tu nous visiteras comme un spectre de givre ;
Nous ne serons pas vieux, mais déjà las de vivre,
Mort ! que ne nous prends-tu par telle après-midi[37]…

Soudain, l'impensable s'est produit. Un coup de tonnerre comme si les bouilloires de la manufacture voisine avaient explosé. Puis un grondement sourd et un bruit de verres brisés, un mur de briques qui s'écroule près de moi et, aussitôt après, des centaines d'ouvriers et d'ouvrières au milieu de la rue.

— Que s'est-il passé ? s'inquiétèrent les gens autour de moi. C'était un tremblement de terre.

25 mars 1897

Vouloir devenir écrivain dans la province de Québec est une entreprise parfaitement désespérée. Vouloir faire sa marque, comme poète de surcroît, tient de la folie pure.

Crémazie avait raison. Moi aussi « je suis né trop jeune dans un monde trop jeune ». Comme lui, je le proclame bien haut : « Dieu seul connaît les trésors d'ignorance que renferme notre pays ! » Crémazie n'était pas un grand poète, mais c'était un esprit lucide. J'ai lu ses lettres. Surtout celles écrites en exil

---

37. Extrait du poème *Hiver sentimental*.

dans lesquelles il expliquait à quel point il était pessimiste quant à l'avenir de la littérature au Canada. «Société d'épiciers», s'indignait-il. Société d'incultes au sein de laquelle même les élites se comportent comme des vendeurs de mélasse qui ne savent et ne veulent savoir que ce qui peut rendre leur métier plus profitable. Société où «l'amour de la patrie ne s'exalte que lorsqu'il se présente sous la forme d'actions de chemins de fer ou de mines d'or promettant de juteux dividendes ou encore quand il offre la perspective d'honneurs politiques, d'appointements et surtout de chances de *jobs* bien payantes[38]».

Crémazie voyait juste. Quelle chance avons-nous de laisser une trace dans l'Histoire? Nos écrits n'intéressent personne et nos auteurs ne sont que des amateurs. Tous les membres de l'École littéraire, à l'exception d'un ou deux, ne sont que des fils de bourgeois qui jouent aux marginaux. Ils riment pour le plaisir et sont comblés quand un de leurs poèmes paraît dans un journal. Ils discutent, ils pérorent, ils font étalage de leur culture mais, dès qu'ils auront fini leurs études, ils se marieront sagement et élèveront une nombreuse marmaille. Ils deviendront clercs de

---

38. Correspondance de Crémazie, lettre du 10 août 1866, dans *Œuvres complètes*, Beauchemin, 1896, p. 28 et p. 30.

notaire ou ronds-de-cuir et, entre la poire et le fromage, ils évoqueront avec nostalgie ces heures de gloire éphémère de leur jeunesse folle.

Car il faut voir ce qu'ils écrivent. De vrais colonisés littéraires qui imitent maladroitement ce qui est à la mode à Paris. Certains, comme le gros Fréchette, notre «tribun national», font dans le patriotique ronflant. Il leur suffit de faire rimer *gloire* et *victoire*, *aïeux* et *glorieux*, d'ajouter à la sauce quelques mots sonores comme *notre foi, notre langue, nos lois, le sang de nos pères*, de faire chauffer le tout avec de grandes envolées lyriques et de servir chaud. Tout le monde applaudira ce plat de gourmets et s'exclamera: «Que c'est magnifique!»

Quelle misère! Oui, c'est bien vrai: quel dommage que nous nous soyons obstinés à conserver le français au Canada. Pour ce que cela nous a donné, nous aurions mieux fait de nous mettre à parler iroquois. Nous aurions eu plus de chance d'attirer l'attention du monde sur nous.

28 mars 1897

Les rencontres de l'École littéraire m'assomment. J'y arrive régulièrement en retard et on m'en fait la remontrance.

Je pensais y trouver des esprits ouverts épris de beauté et de poésie, je n'y ai coudoyé que des êtres mesquins, jaloux et pointilleux qui ergotent sur chaque virgule de l'ordre du jour et du procès-verbal. Dans ces séances, il n'est question que de statuts et de règlements et quand, enfin, on peut y réciter ses dernières compositions, on essuie ricanements étouffés et regards moqueurs. Tout ce que j'y entends sonne faux. Tout ce qu'on y lit est d'une mièvrerie ou d'une prétention à faire vomir.

Seul Arthur, encore une fois, prend ma défense et me jette des regards désespérés quand je bâille ou quand je me lève pour quitter ce cénacle de plumitifs sans génie.

La seule chose qui me retient, c'est que Louvigny, quand il nous reçoit chez lui, sait comment ramener un peu de cet esprit de fête qui, paraît-il, régnait dans le groupe à ses débuts, quand il avait pour port d'attache le café Ayotte et s'était donné le nom merveilleux de Club des Six Éponges.

Bien sûr, c'était avant qu'un imbécile décrète que, désormais, la boisson serait interdite pendant les réunions et que les poches des membres seraient fouillées à l'entrée pour en ôter les flasques qui pourraient s'y cacher.

Mais chez Louvigny de Montigny, il y a moyen de contourner la loi. Quand les discussions s'échauffent, notre hôte fait discrètement pivoter sa bibliothèque et derrière celle-ci apparaissent les étagères remplies d'alcool de son bar clandestin. D'abord, le président proteste, bien évidemment. Puis on accepte, après vote à main levée, de prendre juste un petit verre. Et au bout d'une heure tout le monde est fin saoul.

Hier, quand toute la bière, le gin, le cognac et l'absinthe ont été vidés, on a même fait monter des bouteilles par la fenêtre en se servant d'un panier d'osier suspendu à une corde, afin qu'il ne soit pas dit que quelqu'un avait enfreint nos lois sacro-saintes en sortant pour acheter de l'alcool.

À trois heures du matin, lorsque j'ai quitté les lieux soutenu par Arthur, j'ai embrassé toute la bande : Jean, Albert, Charles, Germain… et même le chat de la concierge.

Ce soir-là, je leur ai presque trouvé du talent.

31 mars 1897

J'ai prévenu Arthur. Je ne retournerai plus aux réunions. Je n'ai rien à apprendre de ces laboureurs d'alexandrins et de ces limeurs de sonnets brillants comme des bijoux de pacotille.

7 avril 1897

À huit heures, le pont de glace sur le Saint-Laurent s'est rompu et la débâcle en a emporté les débris qui se sont chevauchés dans un fracas effroyable. D'énormes blocs se sont amoncelés au pied de la rue Bonsecours. Comme bien des curieux, je suis allé assister au spectacle qui, je ne sais pourquoi, m'a empli d'une joie sauvage.

16 mai 1897

Je ne sais plus où j'en suis, moi qui marche à tâtons dans ma jeunesse noire. Je ne vais plus au collège. J'ai également cessé de me présenter aux réunions de l'École littéraire. Je ne vois plus personne.

J'ai assisté, hier soir, à la conférence d'un académicien français en visite au Québec : Ferdinand Brunetière. J'y ai rencontré par hasard De Montigny.

Le docte Immortel a passé plus d'une heure à essayer de nous convaincre que Bossuet était le plus grand écrivain de la planète et que les auteurs modernes, comme Zola et Verlaine, n'étaient que des décadents de la pire espèce qui entraînaient la littérature dans le plus infect des bourbiers. Toute la salle l'a ovationné.

Je suis désespéré.

En sortant je suis allé vider quelques bocks de bière avec Louvigny. Nous nous sommes séparés rue Saint-Denis.

— Ça va ? Tu as un endroit où dormir ? m'a-t-il demandé.

— Oui.

Et quand il s'est éloigné j'ai murmuré, juste pour moi : « C'est la nuit sur la ville et je me sens si seul. »

Hélas ! Je ne pense pas qu'il m'ait entendu, car il a continué son chemin.

J'ai marché dans les rues désertes. Des bouts de vers sans suite me sont venus aux lèvres et je me suis mis à les répéter sans cesse :

> Je suis resté toute l'année
> Broyé sous un fardeau de fer
> À vivre ainsi qu'en enfer
> Comme une pauvre âme damnée[39]...

J'ai pensé alors à cet article de *La Patrie*[40], le journal auquel maman est abonnnée et dans lequel, le mois passé, on racontait comment un jeune fugitif suédois s'était donné la mort dans sa chambre d'hôtel en se faisant flamber la cervelle.

---

39. Extrait du poème *Le Soulier de la morte*.
40. Journal d'obédience libérale très populaire au XIXe siècle. Fondé en 1879 par Honoré Beaugrand, il tirait à 27 000 exemplaires en 1901 et parut jusqu'en 1978.

Aurai-je ce courage lorsque je serai las de heurter en vain les portes de mon massif tourment ?

La tête me tournait. J'ai traversé le carré Saint-Louis et je me suis couché sur un banc au bord de la fontaine. J'ai songé à l'Éden d'or de mon enfance et vers minuit, désemparé, ne pouvant plus supporter ma blanche solitude, je suis allé frapper chez nous.

Maman m'a ouvert en robe de chambre.

— Émile ? Mon Dieu ! Dans quel état estu ! Tu empestes l'alcool… Tu as encore bu… Mon Dieu ! Mon Dieu !

J'ai mis mes mains sur ses épaules.

— Pas ce soir, maman. Je t'en supplie.

Elle m'a aidé à monter l'escalier jusqu'à ma chambre. J'ai trébuché.

Elle a murmuré :

— Ne fais pas de bruit. Ton père dort.

Sur le palier, une porte s'est entrebâillée et j'ai deviné un visage rond sous un bonnet de nuit.

C'était Gertrude.

Elle s'est frotté les yeux et a refermé en disant d'une voix à demi endormie :

— Ah ! c'est toi ! Bonne nuit, Émile !

Je ne sais pas qui m'a déshabillé et qui m'a mis au lit.

J'ai dormi jusqu'à midi.

29 mai 1897

Grâce à Édouard-Zotique Massicotte, le directeur du *Monde illustré* qui est aussi membre de l'École littéraire, je viens de publier cinq de mes poèmes. Ce n'est pas la gloire. Mais quand même... Il y a déjà un an que j'ai publié mes premiers vers dans *Le Samedi*[41]. Des vers que le *Courrier du Canada* avait qualifiés d'irrévérencieux et d'irréligieux. Je signe maintenant Emil Nellighan, car les journaux refusent mes textes si je ne fournis pas «un nom responsable». J'ai donc dû renoncer à mes anciens pseudonymes. Émile Kovar avait pourtant un petit côté exotique qui me plaisait et E.N. Peck-a-boo villa ajoutait à mes initiales une note amusante.

Désormais, je devrai affronter la critique à visage découvert.

Découvrir ses textes imprimés procure toujours un sentiment de satisfaction un peu vaniteuse. Maman a vu, elle aussi, mes poèmes imprimés. Je sais qu'elle en a éprouvé une fierté non dissimulée.

— Nous ne les montrerons pas à ton père! s'est-elle écriée en pliant son journal avec un sourire complice.

---

41. Ce premier poème publié s'intitulait *Rêve fantasque*.

Aux yeux de mon père, avoir un fils poète est inconcevable. Plus qu'une déception : un déshonneur. Maman, elle, au contraire, sans m'encourager ouvertement, s'est toujours intéressée à ce que j'écrivais. Elle s'est même initiée à la poésie. Elle emprunte des recueils d'auteurs célèbres à la bibliothèque. Elle est capable d'apprécier mes textes et de les critiquer intelligemment. Tout cela, bien évidemment, en cachette de son mari.

Je crois qu'elle ne fait pas cela uniquement pour maintenir des liens entre nous. Je pense qu'elle veut surtout garder l'emprise qu'elle a toujours eue sur moi. Je l'ai déjà dit. Elle a une âme d'artiste et, au fond d'elle-même, elle sait très bien que c'est elle qui a fait de moi un rêveur qui passe, un esprit sensible au charme des voix musiciennes.

En effet, n'est-ce pas elle qui, lorsque j'étais petit, m'emmenait écouter la grande Albani ou le divin Ignace Paderewski au Monument national ou à la salle Windsor ? Et les spectacles des bazars de charité qu'elle organisait autrefois ! Elle doit bien se souvenir que c'est encore elle qui me faisait monter sur scène pour que j'y récite quelque poème connu. Je m'exécutais entre le numéro pitoyable de deux adolescentes forcées elles aussi de pianoter des polkas et celui d'une cantatrice amateur qui poussait la romance ou massacrait un air d'opérette.

À cette époque, maman se réjouissait de ces maigres succès. Mais ce qu'elle n'avait pas compris c'est que, justement, la littérature ne peut pas se limiter à ce genre de passe-temps mondain. La vraie poésie est un don total de soi, un idéal absolu qui vous précipite dans un abyssal gouffre intellectuel.

Au fond, si une fois mes études terminées j'avais accepté un bon emploi, ma mère n'aurait pas eu d'objections à ce que je continue à courtiser les Muses à l'occasion des mariages et des enterrements. Au contraire, elle aurait été ravie et flattée de ce parfait compromis bourgeois.

30 mai 1897

Ce matin, j'ai entendu la conversation de maman avec une voisine qui lui demandait de mes nouvelles.

— Alors que devient votre fils ? Il paraît qu'il a abandonné ses études ? A-t-il trouvé un poste quelque part ?

— Non, il ne fait rien. Il écrit, a répondu ma mère, comme d'habitude.

5 juin 1897

Ce pays me désole.

Quand je suis à la maison, il m'arrive parfois, dans un moment de désœuvrement, d'ouvrir *La Patrie*. Croyez-vous qu'on y parle du dernier livre publié, du dernier concert, de la dernière exposition ? Non. En mars, la grande nouvelle, c'était le combat de boxe entre Corbett et Fitzsimmons pour le titre de champion du monde avec une bourse de 30 000 $ pour le vainqueur. En avril, c'était la campagne électorale qui battait son plein et la victoire de Marchand. En mai, le jubilé de la reine Victoria et la venue à Montréal du fabuleux spectacle de Buffalo Bill et de son cirque de l'Ouest sauvage.

À longueur de pages, ce ne sont que récits de meurtres crapuleux et de magouilles politiques, histoires d'orphelines maltraitées, exploits d'hommes forts, résultats de matchs de crosse, annonces de pilules miracles, de sirops, de bicycles, de corsets, de dentiers, de pierres tombales, d'allumettes de la compagnie Eddy, *si bonnes que tout le monde s'en sert*, de bas de soie de chez Paquin et cie et de *bargains incomparables* offerts sur les dentelles chez Dupuis Frères ou Henry Morgan.

Le triomphe de l'insignifiance.

14 Juillet 1897

J'ai accepté de passer l'été en famille à Cacouna. Arthur m'a encouragé à y aller.

— Qu'est-ce que tu vas foutre en ville ? Il fait une chaleur à crever. Tout est mort. Le grand air te fera du bien. Tu te fanes comme une fleur de cimetière. En plus, ta mère t'assure que ton père ne sera presque jamais là.

Maman est folle de joie. Elle a loué notre ancienne villa. Elle semble renaître à l'idée de quitter Montréal et de retrouver le Bas-du-Fleuve. Elle est tout excitée et passe ses journées avec mes deux sœurs à faire les bagages. Je crois qu'au tréfonds de son cœur elle n'a jamais aimé cette ville et regrette la campagne ainsi que la beauté tranquille des horizons marins du Saint-Laurent.

Nous sommes arrivés par le train en fin de soirée. La belle-sœur de maman, Victoria, nous attendait et nous avons fini le trajet jusqu'au village dans une charrette d'habitant.

Au sommet de chaque côte qui nous séparait encore de la villa, Gertrude se levait et criait :

— Coucou! Nous voilà! Peek-a-boo[42]!

La maisonnette, au milieu des arbres avec sa coquette galerie travaillée comme une dentelle de bois, n'a pas changé. En fait, rien n'a changé depuis que nous venions ici tout enfants. Les mêmes hôtels luxueux pour Américains, les mêmes cottages de touristes et les mêmes bicoques de pêcheurs devant lesquelles les habitants boucanent le hareng et le flétan en chiquant du varech rouge.

Partout le même spectacle. Les rangées de parasols. Les vieilles Anglaises qui jouent au croquet. Les jeunes filles en robes blanches qui retiennent leurs chapeaux de paille de la main pour qu'ils ne s'envolent pas. Les messieurs qui s'exhibent en chemise et en bretelles, mais qui conservent leur haut-de-forme pour s'exercer au fusil sur les goélands.

Sur la plage se retrouvent aussi les mêmes enfants qui bâtissent des châteaux de sable ou tirent sur leurs cerfs-volants, les colporteurs qui vendent leurs babioles et les paysans déguisés en jockeys anglais qui attendent les clients dans leurs voitures de ferme transformées en calèche pour la saison.

---

42. *Peek-a-boo* est une expression qui signifie «coucou, nous voilà!». La villa des Nelligan portait ce nom car tout le long du chemin qui y menait, de colline en colline, elle apparaissait et disparaissait à la vue.

Cela m'a mis de bonne humeur comme si, soudainement, je retrouvais une parcelle de mon enfance.

— Regarde, regarde, me suis-je exclamé en me tournant vers Gertrude. La vieille millionnaire qui promène ses dix-huit chiens en compagnie de son chauffeur est là aussi. C'est merveilleux!

En chemin, nous avons croisé Ulrich, le fils d'un cultivateur avec qui, autrefois, je jouais dans le foin et parlais aux hirondelles. Il nous a salués de la main. Par contre je n'ai pas revu Denis[43]. Il semble qu'il soit parti en Belgique chez les Rédemptoristes. Il va me manquer.

15 juillet 1897

Gertrude adore fouiner dans mes affaires. Elle m'a proposé de m'aider à déballer mes bagages et a trouvé un des livres que j'avais cachés au milieu de mes vêtements.

— C'est quoi ça, *Les Fleurs du mal*? s'est-elle informée avec son ingénuité de couventine.

— Ce n'est pas une lecture pour jeune fille comme il faut, s'est empressée de déclarer

---

43. Denis Lanctot, fils d'un commerçant montréalais, poète et condisciple de Nelligan au collège Mont-Saint-Louis.

maman qui, dans la chambre d'à côté, s'affairait à défroisser ses robes et à vider ses cartons à chapeaux.

À son tour, Eva a voulu s'emparer du volume. Nous nous sommes chamaillés comme lorsque nous étions tout petits.

Maman a souri et son visage fatigué s'est soudain éclairé d'un rayon de jeunesse.

25 juillet 1897

Ce matin, j'ai rencontré Idola Saint-Jean sur la plage. Elle avait ôté ses bottines et, jupe retroussée jusqu'aux genoux, elle jouait à défier les vagues qui se brisaient à ses pieds en franges mousseuses.

— Si ce n'est pas le beau Émile ! Que fais-tu ici ?

— Je suis en vacances avec mère et mes sœurs.

Elle m'a taquiné.

— Encore dans les jupons de maman à ton âge. Tu n'as pas honte ? Méfie-toi, tu vas être bon pour la suivre gentiment à ses *five o'clocks* et tu n'échapperas pas aux soirées musicales du couvent des sœurs de la Charité. À moins qu'elle ne te force à chanter dans le chœur de l'église Saint-Georges.

Elle était radieuse. Je lui ai donné le bras et nous avons fait une longue marche au bord de la mer.

— Tu écris, n'est-ce pas ?

— Oui, de la poésie.

— Et tu as publié ?

— Quelques poèmes dans les journaux…

— Je t'envie. Nous, les femmes, sommes condamnées à nous dénicher au plus vite un niais de mari pour ensuite nous éteindre doucement dans le confort douillet de la vie ménagère. Tu as une cigarette ?

Nous avons discuté de longues heures.

Elle n'est pas comme les autres. Brillante. Pleine de vie. Libre !

Comme le temps était calme, elle m'a proposé une promenade en barque. Je ne suis pas un très bon canotier. À chaque coup de rame, je l'éclaboussais. Elle a décidé de prendre les avirons et m'a invité à lui réciter quelque chose pendant qu'elle souquait avec la vigueur d'un matelot aguerri. Je lui ai fait le cadeau d'une de mes dernières compositions :

Laissez-le vivre ainsi sans lui faire de mal !
Laissez-le s'en aller ; c'est un rêveur qui passe ;
C'est une âme angélique ouverte sur l'espace,
Qui porte en elle un ciel de printemps auroral (…)

Il ne veut rien savoir; il aime sans amour.
Ne le regardez pas! Que nul ne s'en occupe!
Dites même qu'il est de son propre sort dupe!
Riez de lui!... Qu'importe! Il faut mourir un jour...

Alors, dans le pays où le bon Dieu demeure,
On vous fera connaître, avec reproche amer,
Ce qu'il fut de candeur sous ce front simple et fier
Et de tristesse dans ce grand œil gris qui pleure[44]*!*

Troublé, j'ai écorché plusieurs vers et j'ai eu un trou de mémoire, oubliant une strophe entière.

Sa jupe d'étoffe légère se soulevait au vent et laissait apercevoir ses jambes nues. Sa poitrine se soulevait sous l'effort. Elle a relâché une des rames pour écarter de la main une mèche rebelle qui lui tombait sur le front.

— Très beau.

C'est tout ce qu'elle a dit en se penchant pour m'embrasser.

Je crois que je suis amoureux d'elle.

1er août 1897

Maman est couchée dans son hamac pendant que j'écris sous le gros pin blanc qui ombrage la villa. Son éventail posé sur son

---

44. Extrait du poème *Un poète.*

ventre, elle feint de dormir. Elle sent que je l'observe. Je le sais au frémissement à peine perceptible de ses paupières, à la légère roseur de ses joues et au rythme de sa respiration.

Elle ne bouge pas.

Elle a vieilli. Quelques cheveux blancs. Quelques rides au front. Mais elle est toujours aussi belle. Dans une autre vie, je me serais épris d'elle.

À Montréal, j'ai toujours sur ma table de travail deux photos qui la représentent. L'une prise durant sa jeunesse. Une autre plus récente sur laquelle elle a l'air triste, agenouillée sur un prie-Dieu. Elles m'ont inspiré un poème que je lui ferai peut-être lire un jour…

Ma mère, que je l'aime en ce portrait ancien,
Peint aux jours glorieux qu'elle était jeune fille,
Le front couleur de lys et le regard qui brille
Comme un éblouissant miroir vénitien !

Ma mère que voici n'est plus du tout la même ;
Les rides ont creusé le beau marbre frontal ;
Elle a perdu l'éclat du temps sentimental
Où son hymen chanta comme un rose poème.

Aujourd'hui je compare, et j'en suis triste aussi,
Ce front nimbé de joie et ce front de souci,
Soleil d'or, brouillard dense au couchant des années.

Mais, mystère de cœur qui ne peut s'éclairer!
Comment puis-je sourire à ces lèvres fanées?
Au portrait qui sourit, comment puis-je pleurer[45]?

Maman a ouvert les yeux. Je me suis approché d'elle.

— Tu t'es bien reposée?

Elle m'a pris la main et l'a placée sur son cœur.

— Oui. Je suis si heureuse que tu sois là, près de moi.

15 août 1897

Il pleut depuis trois jours. Les Saint-Jean sont retournés en ville. Je me suis promené sous la pluie et je suis revenu, trempé.

J'ai attrapé froid.

Ce matin, un épais brouillard enveloppait la côte. La corne de brume lance régulièrement son appel lugubre. Le vent secoue les volets.

Père sera là demain.

J'ai hâte de rentrer en ville.

---

45. *Devant deux portraits de ma mère.*

17 octobre 1897

... En moi toujours, dans mes ténèbres
J'entends geindre des voix funèbres[46]...

Quand vient l'automne j'emmène souvent ma tristesse se promener au cimetière Côte-des-Neiges. Du haut de la montagne on domine toute la ville et on a l'impression de mieux respirer.

Ce dimanche, Arthur et moi y avons rejoint Joseph Béliveau, un ami commun qui vient de se marier et à qui j'ai offert un de mes poèmes en cadeau de noces. Ensemble nous avons flâné longuement parmi les tombes déchiffrant tantôt une épitaphe, admirant tantôt une statue d'ange éploré ou l'urne funéraire couronnant un caveau en ruine.

Nous marchions sur un épais tapis de feuilles mortes qui craquaient sous nos pas. Les arbres avaient l'air de pleurer des larmes d'or et de sang. Un vol d'outardes est passé dans le ciel gris en nous lançant ses adieux plaintifs. Il s'est mis à pleuvoir. Arthur et Joseph ont ouvert leur parapluie.

Moi, j'ai préféré marcher sous la pluie avec dans la tête des mots tristes qui chantaient la douce mélancolie de cette journée où la nature semblait s'offrir une dernière débauche

---

46. Extrait du poème *Marches funèbres*.

de couleurs avant de se laisser dénuder par les vents glacés de novembre pour ensuite disparaître sous le suaire immaculé de la première neige.

J'ai demandé à Arthur s'il avait du papier et un crayon, et j'ai essayé de coucher par écrit ce que je ressentais.

Comme des larmes d'or qui de mon cœur s'égouttent,
Feuilles de mes bonheurs, vous tombez toutes, toutes.

Vous tombez au jardin de rêve où je m'en vais,
Où je vais les cheveux au vent des jours mauvais.

Vous tombez de l'intime arbre blanc, abattues
Çà et là, n'importe où, dans l'allée aux statues.

Couleur des jours anciens, de mes robes d'enfant,
Quand les grands vents d'automne ont sonné l'olifant.
Et vous tombez toujours, mêlant vos agonies,
Vous tombez, mariant, pâles, vos harmonies.

Vous avez chu dans l'aube au sillon des chemins;
Vous pleurez de mes yeux, vous tombez de mes mains.

Comme des larmes d'or qui de mon cœur s'égouttent,
Dans mes vingt ans déserts vous tombez toutes, toutes[47].

Novembre-décembre 1897

Depuis deux mois, je me noie dans la paix d'une existence triste et me complais à voir se dérouler mes ennuis assassins.

---

47. *Sérénade triste.*

Noël 1897

Je viens d'avoir dix-huit ans. J'ai accepté de réveillonner à la maison. Comme chaque année, maman avait invité mes deux tantes et surtout mon oncle Joseph qui, par ses nombreuses farces, a empêché que la fête ne soit trop morose. Maman a évité de répondre aux questions traditionnelles sur mes « succès scolaires ». Père est resté impassible, sinistre comme la statue du commandeur[48].

> Pour nous, fils errants de bohême,
> Ah ! Que l'Ennui fait Noël blême[49] !

Tout le monde a fait de son mieux pour éviter de trop longs silences gênants. On a discuté de la façon dont fut célébré le centenaire de la grande révolte irlandaise du printemps 1798. On a parlé des Juifs, de cet affreux « monsieur Zola » et de cette fameuse affaire Dreyfus[50] qui déchaîne les passions en France.

---

48. Voir *Don Juan*.

49. Extrait du poème *Mon sabot de Noël*.

50. Célèbre affaire judiciaire qui mit en cause un officier d'origine juive accusé de trahison et déporté en Guyane. Plusieurs personnalités, dont Émile Zola, réclamèrent la révision du procès militaire sous prétexte que l'accusé avait été victime d'antisémitisme. Dreyfus fut réhabilité en 1906 et réintégré dans l'armée.

Au jour de l'An, maman m'a supplié de demander la bénédiction de notre père.

J'ai résisté.

— Juste pour me faire plaisir… a-t-elle insisté avec mille cajoleries.

J'ai cédé.

Est-ce que toutes les familles sont comme la nôtre? Tiennent-elles tant à cette image de gens heureux vivant en parfaite harmonie?

Dieu du ciel! Quelle hypocrisie!

18 janvier 1898

Aujourd'hui, violente altercation avec mon père. À la demande de maman, j'avais eu la mauvaise idée, après les Fêtes, de demeurer rue Laval, quelques semaines de plus.

Mon père, qui était en congé, tournait comme un ours en cage dans la maison depuis le jour de l'An.

J'aurais dû me méfier et décamper avant la tempête.

Tout à coup, il a fait irruption dans ma chambre. J'étais en train d'écrire. Du revers du bras, il a balayé tout ce qu'il y avait sur ma table, éparpillant mes papiers et envoyant valser ma plume et mon encrier.

— *Still scribbling! You no longer attend school! You associate with rabble! You do not work! Do you think I will keep someone as lazy as you under my roof*[51]*?*

Il m'a alors empoigné par ma veste avec une telle rudesse que le haut de ma manche s'est décousu.

Je l'ai repoussé.

Un moment, il a paru interloqué, comme s'il venait de découvrir que j'étais devenu un homme robuste et parfaitement capable de lui tenir tête. Puis, plus enragé que jamais, il a fait mine de me frapper.

J'ai serré les dents et je l'ai menacé.

— *I am not a child anymore! Touch me again and you will regret it*[52].

Les yeux exorbités de fureur, il m'a montré la porte.

— *Out! Leave my house! And never set foot here again*[53]*!*

J'ai ramassé, sans me presser, les feuilles qui jonchaient le plancher. Puis j'ai quitté la pièce en le défiant du regard.

---

51. Traduction : Encore en train de gribouiller ! Tu ne vas plus à l'école ! Tu fréquentes des voyous ! Tu ne travailles pas ! Crois-tu que je vais endurer sous mon toit un bon à rien dans ton genre ?

52. Traduction : Je ne suis plus un enfant ! Touche-moi encore une fois et tu t'en repentiras !

53. Traduction : Dehors ! Sors de chez moi ! Et ne remets plus jamais les pieds ici !

Ma sœur Gertrude, au pied de l'escalier, serrait sa poupée, l'air terrifiée. Eva pleurnichait près du piano devant lequel maman était assise, le regard fixe, les mains sur les cuisses.

J'ai ouvert la porte d'entrée. Il tempêtait dehors et une rafale de vent chargée de flocons de neige folle a tourbillonné dans le hall. Au moment où je refermais la porte, j'ai entendu maman crier :

— Émile !

J'ai descendu les marches de notre petit perron et je me suis lancé tête baissée dans la poudrerie qui balayait le parc.

5 février 1898

Je vis maintenant chez Arthur, rue Saint-Laurent. Sa mansarde est mal chauffée.

Lorsque j'écris, je m'enveloppe dans une couverture et je dois régulièrement souffler sur mes doigts pour les réchauffer.

Le matelas qu'il m'a trouvé est infesté de vermine et, la nuit, les rats se promènent sur le lit. Ce matin, j'en ai chassé un qui avait élu domicile dans une de mes bottines. J'abhorre ces sales bêtes. Elles grignotent les couvertures de mes livres.

Arthur quitte la chambre à l'aube. Il ne me dit pas où il va ni ce qu'il fait. Le soir, il revient avec des œufs, du bacon, un sac de pommes de terre et une ou deux bouteilles.

— Où as-tu trouvé l'argent?

— T'occupe pas, répond-il en me donnant une grande tape dans le dos.

Arthur rêve lui aussi de partir loin de Montréal, ce «gros village satisfait de lui-même», comme il l'appelle. Il se voit chassant le tigre du Bengale ou naviguant jusqu'au pôle pour y voir les grands icebergs étincelants. Ses poèmes sont pleins de sultanes et d'odalisques, de temples japonais, d'îles grecques, de mimosas en fleur, de minarets du Caire et de beaux toréadors en habit de lumière. Prendre la route, la «route aventureuse», comme il dit. Chaque fois qu'il en parle, il s'enflamme :

> Ô la route où l'on rêve à celle qu'on adore !
> Route des matins bleus, route des soirs vermeils,
> Route où les chants d'oiseaux montent vers le soleil
> Comme un écho divin de flûte ou de mandore[54].

Le soir, à la lueur de la lampe à huile, quand il me lit ses poèmes chargés de mots exotiques, je lui demande :

— Et comment nous paierons-nous tous ces voyages fabuleux ?

Il me répond avec assurance :

— Tu verras, je trouverai un moyen…

---

54. Extraits du poème de Bussières *Vers d'amour*, dans *Les Bengalis*.

13 février 1898

Cet après-midi, Arthur a grimpé l'escalier quatre à quatre, de vieux journaux à la main. Il jubilait :

— J'ai trouvé ! J'ai trouvé !

Il a étalé devant moi, sur la table, un vieux numéro de *La Patrie* qui datait de la fin de juillet et a lancé, triomphant :

— Le Klondike, mon vieux !

Comme il voyait que je ne comprenais pas de quoi il était question, il s'est assis sur une de nos chaises branlantes et m'a expliqué :

— On a trouvé de l'or près de Dawson[55]. Allons-y. Nous en reviendrons fabuleusement riches et alors adieu l'hiver ! Adieu nos petites misères. Tiens, écoute ça…

Et il m'a lu les articles qui racontaient d'incroyables histoires, comme celle de ce prospecteur du Montana qui avait retiré pour plus de cent mille dollars de poussière d'or d'un minuscule placer[56] de quarante-cinq pieds carrés.

Arthur était si enthousiaste que, moi aussi, j'ai cessé de grelotter de froid et j'ai oublié

55. Le 17 août 1896, un prospecteur du nom de George Carmack, trouva une première pépite dans la rivière Bonanza, un affluent du Klondike qui se jette lui-même dans le Yukon. La nouvelle provoqua une ruée vers l'or qui attira plus de 100 000 aventuriers du monde entier.

56. Gisement d'or.

un instant que nous n'avions rien mangé depuis deux jours.

Nous avons emprunté un atlas dont nous avons arraché la page contenant la carte de l'Ouest canadien et bientôt nous nous sommes mis à imaginer les détails de notre expédition vers ce nouvel eldorado.

— Nous embarquerons dans un train de marchandises. À San Francisco nous prendrons le bateau jusqu'à Saint Michael. Puis de là nous remonterons le Yukon en chaloupe à vapeur… Il faudra acheter des chiens, un traîneau, un fusil, emporter cinq cents livres de bagages et pour huit mois de vivres. Ils disent ici que c'est ce qu'exige la police montée. Si nous voulons être là-bas avant les tourmentes de neige qui bloquent les cols et les défilés, nous devons absolument partir ce printemps…

Cette fièvre d'aventure dura trois jours jusqu'à ce qu'Arthur tombe gravement malade, toussant et crachant le sang. Près du grabat de mon pauvre ami j'ai trouvé, par terre, un brouillon de poème tout froissé. Il disait :

Comme des soirs, il est des nuits
Où la voix lasse des ennuis
Tremble à nos portes.
Des nuits où, le front dans la main,
Nous pleurons sur le vieux chemin
Des roses mortes[57].

---

57. Extrait du poème de Bussières *Folles heures*.

16 février 1898

Désespéré, je suis allé sonner chez nous et mendier quelques dollars pour payer le docteur. Maman, enveloppée frileusement dans son châle, m'a accueilli sur le pas de la porte. Elle a sorti son porte-monnaie et m'a glissé plusieurs billets dans la poche en me serrant dans ses bras.

— Émile… Émile… Mon Dieu, quel malheur ! J'ai discuté avec ton père… Il ne veut rien comprendre… Je prie tous les jours pour toi. Attends ! Je vais aller te chercher quelque chose à manger. Il me reste de la dinde. Seigneur, que tu es pâle ! Tu n'es pas malade au moins ?

Elle s'est absentée un instant pour courir à la cuisine.

Je ne l'ai pas attendue.

3 mars 1898

Arthur est à l'hôpital. Il refuse de me révéler de quel mal il souffre. Je n'ai plus un sou pour acquitter le loyer et je dois voler du charbon près des dépôts de chemin de fer pour chauffer le poêle.

Je n'écris plus rien.

Arthur, chaque fois que je vais le voir, me presse de retourner chez mes parents en attendant qu'il guérisse et que nous puissions reprendre nos préparatifs pour le grand voyage. Cette idée me répugne mais, bientôt, je n'aurai plus le choix si je ne veux pas crever de faim.

Maman m'a écrit que mon père, en dépit des apparences, souffre de mon départ et qu'elle pourrait le convaincre de m'accepter à nouveau dans le giron familial. Surtout si je reprenais mes études ou si j'acceptais un emploi «honorable».

J'imagine d'avance la scène du retour de l'enfant prodigue. Toutes les effusions, les embrassades et aussi les petites humiliations et les repentirs obligés auxquels je m'exposerais.

10 mars 1898

Ça y est. J'ai abdiqué et accepté de plier l'échine en passant sous les fourches caudines.

Maman est aux anges. Père est plus circonspect et dissimule la satisfaction que lui procure son triomphe parental. À table, il me jette des regards sévères et s'adresse à moi sur un ton autoritaire qui ne tolère aucune réplique. Je redeviens le fils obéissant dont les égarements justifient une reprise en main sans faiblesse. Mon salut passant inévitablement par l'acceptation d'un «vrai» travail.

Il m'en a d'ailleurs déjà trouvé deux plutôt qu'un. L'un chez un fleuriste, l'autre comme comptable chez un marchand de charbon. Des occupations bien terre à terre qui ne manqueront pas de me faire oublier à jamais mes rêveries littéraires.

Je serai donc un vulgaire commerçant. Un homme de factures et de bilans. Un gagne-petit destiné à une vie obscure et sans gloire. Quelle désolation !

Maman, elle, ne voit pas les choses du même œil. Tout ce qui compte pour elle, c'est que son petit soit revenu au nid. Elle me bourre de gâteaux et me chouchoute à un tel point que mes deux sœurs en sont jalouses. Maman, pourtant, voit très bien que je ne suis pas heureux. Elle trouve mille occasions de me distraire en me proposant toutes sortes de sorties.

— Veux-tu que nous allions patiner ? Préfères-tu un tour de carriole sur la montagne ? À moins que nous allions au parc Sohmer ? Oui ce serait une bonne idée ! Nous prendrons les petits chars. Tu aimais tellement ça quand tu étais enfant. Et là-bas, tu te souviens des chevaux de bois, de la maison de glace et des lâchers de ballons ? Tout te ravissait. Et la ménagerie, tu t'en rappelles ? Tu passais des heures à admirer les lions, les *kangarous* et les loups crieurs. Je t'achetais un cornet de crème glacée et tu courais partout : «Regarde, maman, les magiciens et les équilibristes!» Tu étais si drôle : tu avais peur des clowns et le soir, quand débutaient les feux d'artifice, tu t'extasiais et me disais qu'un jour toi aussi tu allumerais des étoiles au ciel. Non? Ça ne te tente pas, vraiment? Tu sais, pourtant, l'orchestre de monsieur Lavigne est excellent et on y projette des vues animées. C'est tout nouveau!

Couché sur le canapé du salon, je lui réponds :

— Oui, maman. Nous irons... Un autre jour.

Mais elle n'abandonne pas et, dans une ultime tentative de séduction, elle s'installe sur le banc du piano.

— Je peux jouer pour toi...

— Non, maman. J'ai mal à la tête...

— Pourquoi ne te remets-tu pas à écrire? Je te présenterai Robertine Barry. C'est une vieille amie. Elle connaît plein de gens influents...

Je la remercie avec un sourire fatigué.

— Laisse faire, maman... Je monte me coucher.

30 avril 1898

J'ai eu une brève discussion avec mon père. Je lui ai dit que je ne voulais pas d'un emploi de gratte-papier, que je préférais voyager, voir le monde…

Contrairement à ce que je pensais, il ne s'est pas emporté et s'est montré plutôt réceptif. Il m'a dit qu'il y réfléchirait et que c'était vrai que les voyages forment la jeunesse.

Deux jours plus tard, il m'a convoqué à nouveau dans son bureau et m'a tendu un feuillet imprimé. C'était un contrat d'enrôlement en tant que matelot de deuxième classe sur un cargo, le *Caledonian* qui appareillait bientôt à destination de Liverpool.

— Je pars quand?

— *Next week… The captain is a friend of mine. I have signed for you. Since you have no experience at sea, he has assigned you to the machines. He needs coal trimmers: strong men with lots of brawn*[58].

Je me suis demandé si je devais lui être reconnaissant ou si, au fond, il n'avait pas trouvé là un moyen inespéré de se débarrasser

---

58. Traduction: La semaine prochaine. Le capitaine est un de mes amis. J'ai signé pour toi. Comme tu n'as pas l'expérience de la mer, il t'a mis aux machines. Il a besoin de soutiers: des gars costauds avec du muscle.

de moi, de m'éloigner de mes amis tout en me forgeant le caractère à son goût.

Il m'a fixé dans les yeux.

— *Do we have a deal*[59]?

J'ai acquiescé d'un hochement de tête.

— *Well, that will do! Promise me however, not to say a word to your mother before you embark. It could upset her unnecessarily. You know how fragile her nerves are*[60].

7 mai 1898

Mon sac de marin est bouclé. Mon père, qui a déjà traversé l'océan quand il avait une douzaine d'années, m'a procuré l'essentiel : un pantalon de toile, un tricot, des bottes, un ciré, un caban, un bonnet de laine, un couteau de poche et une pipe d'écume de mer, souvenir de grand-père.

Il restait à prévenir maman de l'imminence de mon départ.

C'est fait.

Elle s'est effondrée sur le divan et Eva a dû lui faire respirer des sels. Je redoutais

---

59. Traduction : Tu es d'accord ?
60. Traduction : Eh bien ! C'est entendu… Promets-moi par contre de ne rien dire à ta mère jusqu'à la veille de ton embarquement. Ça pourrait la bouleverser pour rien. Tu sais qu'elle a les nerfs fragiles.

qu'elle fasse une crise avec des sanglots et des adieux pathétiques tels qu'on en voit dans les mauvaises pièces de théâtre. Elle a pleuré silencieusement en serrant contre elle Eva et Gertrude, comme si elle avait peur qu'on les lui arrache aussi.

Je me suis senti le fils le plus misérable qu'une mère ait jamais mis au monde.

J'ai jeté mon sac sur mon épaule et j'ai murmuré :

— Adieu, maman !

Gertrude s'est libérée et m'a enserré la taille.

— Tu reviendras, hein ? Tu reviendras !

Je l'ai embrassée sur la joue.

Mon père, qui avait décidé de m'accompagner jusqu'au port, m'a ouvert la porte.

— *Come, we must go! We will be late*[61].

C'est seulement à cet instant que maman a ouvert la bouche, mais les mots qu'elle a laissés tomber ne s'adressaient pas à moi. Ils étaient destinés à mon père qu'elle a foudroyé du regard.

— *I will never forgive you for this*[62]!

Mon père s'est rembruni et, serrant les dents, a rétorqué en français :

---

61. Traduction : Allons, il faut y aller. Nous allons être en retard.
62. Traduction : Jamais je ne te pardonnerai.

— C'est juste pour son bien. Maudit, Émilie, tu n'es pas capable de comprendre ça ?

8 mai-10 juin 1898

Homme libre, toujours tu chériras la mer[63]*!* disait Charles Baudelaire. Comme Arthur, je m'étais imaginé qu'un jour je monterais à bord d'un élégant trois-mâts voguant vers des îles lointaines où des femmes aux seins nus m'accueilleraient avec des colliers de fleurs. *Le cœur léger et le cerveau plein de flammes*, je me voyais vivre, sous les Tropiques, *de vastes voluptés changeantes, inconnues, et dont l'esprit humain n'a jamais su le nom*[64].

Le *Caledonian*, sur lequel je me trouvais à avoir embarqué, était un vieux rouleur des mers à la coque rouillée qui transportait en Angleterre une cargaison de beurre et de fromage pour le compte de la compagnie George Wait[65].

En rêve, je m'étais vu admirant des couchers de soleil splendides ou respirant l'air vif du grand large. J'ai passé, en fait, les trois

---

63. Extrait du poème, *L'homme et la mer*.
64. Extraits du poème de Baudelaire *Le Voyage*.
65. Célèbre exportateur de Montréal spécialisé dans le cheddar.

premiers jours allongé sur ma couchette, victime du mal de mer. Pendant le reste du voyage, j'ai dû trimer six à huit heures par jour, dans la salle des machines, à enfourner des pelletées de charbon dans la gueule insatiable d'une chaudière. Le peu de fois que j'ai réussi à monter sur le pont après mon quart, il y avait du brouillard ou l'océan était déchaîné, des paquets de mer déferlant sur le navire et le vent sifflant sa colère dans les haubans.

Comme les autres membres de l'équipage, j'ai vite appris à vivre au rythme de la cloche de bord, dans la crasse et la promiscuité, saoulé de fatigue et de mauvaise gnôle, en butte le plus souvent aux plaisanteries grossières et aux allusions graveleuses des plus vieux qui m'appelaient « le gamin » et me trouvaient des airs de colas-fillette[66].

La traversée a duré dix jours et nous avons essuyé une terrible tempête au large des côtes d'Irlande.

Enfin nous avons accosté à Liverpool.

L'Europe ! Là aussi je m'attendais à voir des villes revêtues *d'hyacinthe et d'or*, étincelant dans *une chaude lumière*[67]. Je n'ai vu que des quais, des docks, des forêts de grues, des maisons noires de suie, des rues encom-

---

66. Efféminé.
67. Voir le poème de Baudelaire *L'Invitation au voyage*.

brées de charrettes, de fardiers et d'omnibus. J'ai suivi quelques marins dans des bouges enfumés qui ressemblaient en tous points aux tavernes de Montréal si ce n'était du goût de la bière et de l'accent des filles de salle.

Nous avons relâché la semaine suivante à Dublin, la vie natale de mon père. Autre cruelle déception. Les mêmes matelots ivres morts. Les mêmes catins outrancièrement fardées. La même odeur écœurante de pisse et de poisson pourri. Les mêmes eaux noires au-dessus desquelles criaillent des nuées de mouettes charognardes.

Je n'avais qu'une hâte : que le capitaine ordonne de lever l'ancre.

Ayant déjà un peu plus le pied marin et l'équipage s'étant habitué à ma présence, j'ai été moins importuné au retour et j'ai pu lire un peu. J'ai même écrit quelques vers que je me suis bien gardé de montrer à qui que ce soit.

La mer était plus calme et, mon travail terminé, j'ai pris l'habitude d'aller m'asseoir sur la plage arrière ou le gaillard d'avant pour contempler le grand vide de l'océan en me laissant bercer par la houle qui m'emplissait d'une sérénité jusque-là inconnue.

C'est donc avec presque une pointe de regret que j'ai vu se profiler à l'horizon les côtes de Terre-Neuve et, lorsque notre cargo s'est engagé dans l'estuaire, je me suis senti, tout à coup, envahi par une sourde angoisse.

Qu'est-ce qui m'attendait maintenant?

Dans la première semaine de juin, le *Caledonian* a longé la côte sud d'Anticosti. Il faisait beau. Pendant une pause, un vieux loup de mer, qui s'était pris d'amitié pour moi, est venu s'installer à mes côtés sur un rouleau de cordages et m'a tendu une tablette de tabac à chiquer que j'ai refusée poliment.

Il m'a montré le littoral qui défilait à tribord avec ses falaises à pic, ses battures et ses récifs à fleur d'eau.

— Tu as vu ça, petit?

— Quoi? Le phare, là-bas?

— Non. Les épaves! Regarde: on dit que c'est le cimetière du golfe Saint-Laurent. Tu vois, celle-là, c'était l'*Antine-Orient*, un brick qui s'est éventré sur les rochers, il y a une cinquantaine d'années. Il y en a plus de deux cents comme ça...

Je suis allé au bastingage et j'ai aperçu effectivement plusieurs de ces fantômes de bois et de métal déchiquetés qui jonchaient les plages et les hauts-fonds. L'un d'eux avait encore des moignons de mâts et des lambeaux de voile. Un beau voilier couché sur le flanc...

À sa vue, j'ai eu un pincement au cœur et je suis resté le regard fixé sur ce géant des mers vaincu en me disant que, tout comme lui, emporté par les vagues de la fatalité, j'étais destiné à faire naufrage et à pourrir lentement.

Ce soir-là, j'ai rouvert mon carnet et j'ai noté des bouts de vers qui devinrent un poème désespéré. Un poème qui résumait assez bien l'émotion que je venais de ressentir. Il est encore à retravailler, mais je pense que de tous mes textes c'est un des plus réussis et celui qui est le plus à mon image.

LE VAISSEAU D'OR

Ce fut un grand Vaisseau taillé dans l'or massif :
Ses mâts touchaient l'azur, sur des mers inconnues ;
La Cyprine[68] d'amour, cheveux épars, chairs nues,
S'étalait à sa proue, au soleil excessif.

Mais il vint une nuit frapper le grand écueil
Dans l'Océan trompeur où chantait la Sirène,
Et le naufrage horrible inclina sa carène
Aux profondeurs du Gouffre, immuable cercueil.

Ce fut un Vaisseau d'Or, dont les flancs diaphanes
Révélaient des trésors que les marins profanes,
Dégoût, Haine et Névrose, entre eux ont disputés.

Que reste-t-il de lui dans la tempête brève ?
Qu'est devenu mon cœur, navire déserté ?
Hélas ! Il a sombré dans l'abîme du Rêve !

---

68. Vénus, déesse de l'amour qui est représentée ici comme la figure de proue du navire.

11 juin 1898

La première phrase que maman a prononcée en me voyant a été :

— Mon Dieu ! Comme tu as changé !

Père, lui, a paru ravi et m'a administré plusieurs solides bourrades pour mettre à l'épreuve ma virilité toute neuve.

— *Hello boy ! How do you do ? You seem in ship shape*[69].

Gertrude, comme d'habitude, m'a sauté au cou. Eva, plus réservée, m'a gratifié d'un baiser furtif et est vite retournée s'asseoir près de maman.

J'ai distribué les cadeaux que j'avais rapportés d'Angleterre. Du thé pour maman. Du vieux whisky écossais pour mon père. De la vaisselle miniature pour la maison de poupée de Gertrude, un châle de cachemire pour mon autre sœur.

On m'a fait raconter par le menu toutes les péripéties de mon voyage qui ont soulevé des oh ! d'étonnement et des ah ! admiratifs.

Nous étions à nouveau le modèle de la belle famille victorienne unie et béatement heureuse.

---

69. Traduction : Comment vas-tu ? Tu as l'air en pleine forme !

Quand est venue l'heure de nous coucher, mon père m'a saisi le bras, au pied de l'escalier.

— *Don't forget! Tomorrow we attend the 10 o'clock mass*[70]...

Une fois seul dans ma chambre, j'ai vidé mon sac de marin en renversant son contenu sur l'édredon. Au fond de celui-ci j'avais conservé une bouteille de genièvre.

Je me suis étendu et j'ai bu jusqu'à ce que je sente le monde chavirer et ma couche se balancer sous moi comme si j'étais encore au milieu de l'océan.

Juillet-août 1898

J'ai déjà dépensé une bonne partie des quelques sous que j'avais gagnés.

Père est parti en tournée d'inspection du côté de la Gaspésie.

J'ai revu une ou deux fois Arthur et Gill. Ils voudraient que je réintègre l'École littéraire.

Je ne sais pas. Je sens que je suis en train de ruiner ma vie. C'est tout l'un ou tout l'autre. Je dois ou bien m'assagir et accepter les règles rassurantes de la petite vie bourgeoise ; ou bien devenir un vrai homme de lettres et me

---

70. Traduction : N'oublie pas ! Demain nous allons à la messe de 10 h...

consacrer entièrement à la littérature en lui sacrifiant toutes mes énergies dans un don total de ma personne. Ma vie de bohème insouciant est terminée. Je ne peux plus jouer au poète. Le choix est à la fois simple et terrifiant. Renoncer à voler pour toujours et vivre sur terre ou déployer mes ailes et planer très haut quitte, un jour, à me brûler au soleil de la gloire et à être précipité dans l'abîme de la folie…

19 septembre 1898

Un violent orage a dévasté Montréal. Le ciel est devenu noir comme de l'encre. Puis, tout à coup, vers quatre heures de l'après-midi, la nature s'est déchaînée de façon grandiose. Des arbres ont été arrachés. Des trombes de pluie ont fait déborder les égouts qui se sont transformés en geysers. Des grêlons gros comme des œufs de poule ont bombardé la ville, brisant les vitres et fracassant les vitraux des églises. Mon ancienne école, le Mont-Saint-Louis sur la rue Sherbrooke, a eu mille cinq cents carreaux de cassés.

Maman était morte de peur. Elle a allumé un lampion sous l'image de la Vierge dans sa chambre et a aspergé d'eau bénite les quatre coins de la maison en récitant son chapelet.

Moi, je suis sorti sur le perron et, les bras au ciel, j'ai bravé la pluie qui ruisselait sur mon visage.

Maman est accourue, un parapluie à la main.

— Rentre, tu es fou!

21 septembre 1898

Depuis un mois, je broie du noir et j'ai des idées suicidaires... Je vis au rythme somnolent de mes névroses, tenaillé par le remords qui vient régulièrement me hanter comme un passant nocturne.

Durant mon voyage vers les vieux pays, j'avais commencé à m'intéresser aux poèmes de Rodenbach et de Rollinat.

Je relis ces deux poètes et je me surprends à répéter à haute voix quelques-uns de leurs vers qui parlent si bien à mon âme que j'en viens à ne plus savoir s'ils sont d'eux ou de moi. Je partage avec Rodenbach ce mal de vivre et cette propension à fuir la grisaille de l'existence dans un monde onirique.

> *Les rêves sont les clés pour sortir de nous-mêmes,*
> *Pour déjà se créer une autre vie, un autre ciel*
> *Où l'âme n'ait plus rien retenu du réel*
> *Que les choses selon sa nuance et qu'elle aime*[71]...

---

71. Extrait d'un poème de Georges Rodenbach (1855-1898) tiré du recueil *Le Règne du silence*.

Je me sens si affreusement seul dans le champ noir de la vie que les voix lointaines de ces deux grands artistes méconnus semblent l'écho de mon propre désespoir :

Les amis sont loin, vont se raréfier
À quoi donc s'attacher, à qui se confier[72]?

Mais plus que les œuvres infiniment mélancoliques du grand poète belge, ce sont *Les Névroses* de Rollinat qui me séduisent, instillant en moi leur poison mortel. Moi aussi j'ai l'impression d'être *sourd à tout bruit, aveugle à tout spectacle, âme croupissante, fantôme grelottant dans des haillons pourris, épave de l'épave et débris des débris, hideux, moulu, racorni, déjeté[73].*
Moi aussi je suis :

Celui qui garde dans la foule
Un éternel isolement
Et qui sourit quand il refoule
Un horrible gémissement.

Celui qui s'en va sous la nue,
Triste et pâle comme un linceul,
Gesticulant, la tête nue,
L'œil farouche et causant tout seul.

Celui qui escorte jusqu'au cimetière
Des enterrements inconnus (...)

---

72. Id.
73. Extrait du poème de Maurice Rollinat (1846-1903) intitulé *Un Bohême*.

Celui qui se dit : « L'heure est sonnée.
Je décroche mon revolver ! »
Sans que jamais il se décide
À lâcher le coup fatal[74].

12 novembre 1898

L'an prochain, je franchirai le portail de la vingtaine.

Ah ! La fuite de l'enfance au vaisseau des vingt ans[75].

La jeunesse est comme un rêve qui sombre dans la mer des étoiles pleine d'éternels regrets. Je suis encore au printemps de ma vie et je me sens déjà vieux. À mon âge, Arthur Rimbaud avait achevé son œuvre et, voyageur sans bagages, il allait bientôt s'embarquer pour l'Arabie et l'Éthiopie en demandant qu'on brûle ses poèmes derrière lui.

Et moi, qu'ai-je fait ? Presque rien.

14 novembre 1898

Hier soir, j'étais chez Arthur. Le journal annonçait une pluie d'étoiles filantes qui ne revient que tous les trente-trois ans[76]. Nous

---

74. Du même auteur, dans le poème intitulé *Céphalgie*.
75. Vers tiré du poème *La fuite de l'enfance*.
76. Les Léonides.

sommes restés devant la croisée ouverte à regarder ces traits de lumière qui fusaient dans le ciel.

Arthur m'a pris par l'épaule.

— Tu sais ce que ma mère disait ? Chaque fois qu'une de ces étoiles s'éteint, c'est un monde qui disparaît...

J'ai eu envie de lui dire : « C'est comme nous. Nous naissons ; au mieux nous illuminons la nue un instant et puis nous retournons au néant. » Celui qui n'a pas conscience du caractère fulgurant du temps qui passe et de l'urgence de briller au moins un instant avant de sombrer dans l'oubli se condamne à vivre l'intime désastre d'une vieillesse pleine de remords cuisants et d'illusions fanées.

Le spectacle céleste terminé, Arthur a refermé la fenêtre et m'a tendu une bouteille de bière.

— Tu as fait un vœu au moins ?

17 novembre 1898

J'ai toujours aimé les églises et les chapelles. Leur paix. L'odeur des cierges et de l'encens. Les voix cristallines des enfants de chœur et le souffle puissant des grandes orgues.

Je crois en Dieu sans être dévot et la prière m'aide parfois à retrouver, pendant un bref instant, une certaine paix intérieure.

101

Maman, elle, est plus pratiquante que moi. Comme elle n'est pas heureuse en ménage, elle cherche dans la religion le soutien moral qui lui permettra de traverser les épreuves. Elle ne s'habille plus qu'en noir comme si elle était en deuil. Elle récite son chapelet et passe des heures au confessionnal. Cette ferveur religieuse s'est d'ailleurs accentuée à mesure que sa santé s'est fragilisée. Depuis quelque temps, en effet, le médecin vient souvent l'examiner et lui prescrit des tranquillisants. «Tendance à la neurasthénie», a expliqué le docteur Brennan à mon père.

En bonne Canadienne française, maman trouve donc du réconfort dans la foi et se console en se disant que Dieu éprouve ceux qu'il aime. Aller à l'église est même devenu l'unique sortie qu'elle se permet et elle est toujours en quête d'un nouvel endroit de recueillement dont le décor chargé sera à l'image de ses tourments et de ses désirs refoulés.

Elle vient justement de découvrir un lieu de culte parfaitement baroque qui lui semble plus susceptible que les autres d'attirer sur elle la pitié de Notre-Seigneur. Il s'agit de la chapelle du sanctuaire de l'adoration perpétuelle de la Sainte Eucharistie, au pied du mont Royal. Les fidèles s'y pressent jour et nuit afin de se prosterner devant l'hostie consacrée exposée dans un gigantesque ostensoir sous un baldaquin surmonté d'une couronne de bronze doré.

Hier, je l'ai accompagnée. Elle m'a présenté Eugène Seers, un des religieux de l'endroit avec qui elle a déjà organisé des bazars de charité.

Agréable et fort instructive rencontre. Le père Seers a vécu à Paris, à Rome et à Bruxelles. Il tient l'orgue de la chapelle et dirige une revue religieuse, *Le Petit Messager du Très-Saint-Sacrement,* dans laquelle il serait prêt à publier certains de mes poèmes.

Nous avons échangé quelques mots. Il sait par cœur les œuvres de Vigny et de Verlaine. Il compose lui-même des sonnets et des légendes en vers, sous le pseudonyme de Serge Usène[77]. Contrairement aux frères qui m'ont enseigné au collège, il a une vaste culture et est doté d'un sens critique aigu ainsi que d'une admirable ouverture d'esprit. Quand j'ai évoqué devant lui mes angoisses face à mon engagement dans la carrière littéraire, il ne m'a ni jugé ni fait la morale. Il m'a simplement lancé l'invitation suivante :

— Si vous le voulez bien, jeune homme[78], apportez-moi ce que vous avez déjà écrit. Je

---

77. Anagramme de Eugène Seers.

78. Seers était de quatorze ans l'aîné de Nelligan.

vous dirai ce que j'en pense. Venez au parloir du monastère. Vous connaissez l'adresse avenue Mont-Royal.

21 novembre 1898

La première bordée de neige est tombée. Neuf pouces. Elle a recouvert les ordures accumulées dans les rues depuis l'arrêt de travail des employés du département des vidanges.

La ville enveloppée de son voile blanc a l'air d'une jeune mariée qui regarde les flocons tomber comme une pluie de confettis.

23 novembre 1898

Je suis retourné voir le père Seers, avec ma sacoche remplie des cahiers d'écolier qui me servent pour mes brouillons et les chemises cartonnées qui contiennent les grandes feuilles sur lesquelles je recopie mes poèmes les plus achevés.

À la chapelle, le père était en train de jouer de l'orgue. Je me suis installé dans les premiers bancs pour l'écouter. Une musique divine. De chaque côté de l'autel, des bas-reliefs représentaient des anges musiciens. On aurait dit que c'était eux qui jouaient. J'ai ouvert ma sacoche et sur une des chemises j'ai écrit : *le récital des anges*. Ce sera le titre de mon recueil si je l'achève un jour.

Le père Seers a fini par me recevoir. Il n'avait pas l'air d'un frère avec ses cheveux en bataille et sa soutane fripée.

— Montrez-moi ça, a-t-il dit en tendant la main.

Il a parcouru mes feuillets d'un œil d'expert.

— Pas mal. Pas mal du tout. Vous avez du talent : c'est indéniable. Un peu naïf parfois. Quelques passages obscurs et vous abusez de la métaphore. Ne faites pas trop étalage de votre savoir. Je peux vous aider à retravailler certains vers si vous acceptez mes conseils…

Ses critiques m'ont d'abord hérissé, mais il ne donnait pas l'impression de vouloir m'abaisser ou me donner des leçons. Au contraire, il semblait vraiment intéressé par ce qu'il lisait. Il s'est interrompu et m'a fixé de ses yeux bleus dans lesquels brillait comme une flamme passionnée.

— Quel âge avez-vous ?

— Dix-neuf ans, mon père.

— Si jeune ! C'est incroyable. Vous avez écrit autre chose récemment ?

— Non. Je n'écris presque plus…

— Il faut vous y remettre.

— Vous croyez que cela en vaut la peine ?

105

En guise de réponse il m'a donné une solide tape dans le dos et a lâché un juron sonore qui a choqué les quelques bigotes agenouillées près de nous.

— Vous en doutez ? Mais, jeune homme, vous ne vous rendez pas compte que, malgré votre extrême jeunesse, vous dépassez tous les rimeurs de ce pays. Vous avez un style… une voix à vous… C'est déjà extraordinaire !

Je lui ai serré la main, trop ému pour le remercier avec des mots.

— Je vous attends demain, a-t-il ajouté en faisant mine de vouloir prendre congé.

Sachant que le lendemain, je devais accompagner maman au concert, je me suis excusé :

— Je ne sais pas si ma mère…

Il ne m'a pas laissé terminer.

— Ne vous inquiétez pas : je parlerai à votre mère.

24 novembre 1898

Le fait qu'un ecclésiastique me serve de mentor rassure maman. De plus, la promesse que lui a fait le père Seers d'imprimer mon poème *les Déicides* dans la revue de sa congrégation est même en voie de la faire basculer définitivement dans mon camp.

Je l'imagine déjà avec mes tantes et ses amies, une tasse de thé à la main, en train de se vanter que son fils a enfin trouvé sa voie en mettant sa plume au service de Dieu et de l'Église.

25 novembre 1898

Je vois le père Seers presque tous les jours. La façon dont je crée l'étonne, mais il l'a acceptée et est devenu en quelque sorte mon correcteur et mon secrétaire.

D'habitude je n'écris pas mes vers sur-le-champ. Je les compose syllabe par syllabe, de vive voix, en émettant d'abord une série de sons plus ou moins inarticulés, un peu comme un chanteur qui aurait dans la tête la ligne mélodique de sa chanson, mais qui n'aurait pas encore trouvé les paroles qui s'y adapteraient. Quand la musique de mon vers a pris forme, je cherche les mots dont la sonorité correspond le mieux à l'effet que je veux produire et ainsi, peu à peu, la phrase répétée vingt fois s'ébauche, se module, trouve son rythme. Alors seulement je la note au crayon sur le premier bout de papier qui me tombe sous la main en essayant de retrouver de mémoire l'agencement le plus harmonieux sorti de ma bouche.

Depuis que le père Seers a décidé de m'assister, je n'ai plus à m'occuper de transcrire ces ébauches de vers qui roulent sans arrêt dans ma tête et sortent à l'état brut avant de subir le long exercice de peaufinage vocal que je viens de décrire.

Lorsque j'entre dans sa cellule, il sort une feuille vierge et son stylo à plume. Puis il attend. Nous pouvons rester ainsi une heure sans parler, jusqu'à ce que l'inspiration me vienne. Alors je me lève et j'improvise à grands gestes en marchant de long en large. Lui, note tout ce que je dis de son écriture rapide. Lorsque je sors enfin de cette sorte de transe, je m'effondre, épuisé. Lui, continue d'écrire. Il rature, il collige, il remet en ordre tout ce qu'il a entendu et, le lendemain, il me lit le poème.

Parfois, celui-ci est d'une telle perfection que j'ai du mal à m'en croire vraiment l'auteur...

26 novembre 1898

Encore un an de travail et je pense que je pourrai publier le livre auquel je rêve depuis des années. Comme le père Seers est responsable de l'imprimerie de sa congrégation, cela facilitera sans doute les choses.

Le père Seers, d'ailleurs, ne se contente pas de m'aider à corriger mes vers, il m'enseigne également les rouages de la machine littéraire et comment en user pour pousser ma carrière.

— Tu dois voir du monde, me dit-il. Tu dois te montrer, te faire valoir, séduire la bonne société. Tu es beau garçon. Tu es grand. Tu as une belle voix chaude et de belles manières. Et puis avec cet air un peu triste et ce reste d'enfance dans les yeux, tu plairas aux femmes et, bientôt, crois-moi, toute la province sera à tes pieds.

Hier, il m'a emmené chez le photographe Laprés et Lavergne afin de me faire «tirer» le portrait. Je n'aime pas beaucoup le résultat. Avec mon col de celluloïd et ma face d'enterrement, j'ai l'air le plus malheureux du monde.

Le père Seers, au contraire, est enthousiaste.

— Non, non! Une photo superbe! Si un jour tu deviens célèbre, c'est de ce visage romantique dont les gens se souviendront même si tu vis au-delà de soixante ans!

27 novembre 1898

Le père Seers a été clair. Le succès en littérature passe par les femmes. Qui sera ma première conquête galante?

J'ai décidé de commencer en faisant la cour à Robertine Barry. Elle est irlandaise par son père. Comme moi. Maman la connaît. Elle écrit des bluettes, qu'elle signe Françoise, dans *La Patrie*. Mais surtout, elle tient salon et reçoit chez elle des auteurs en vue tel Louis Fréchette.

J'en ferai ma Muse, mon égérie, ma Béatrice, ma Laure de Noves. Bien sûr, elle est un peu vieille. Mais elle a des yeux noirs splendides et une belle chevelure bouclée, comme maman.

Je lui ai envoyé un poème. Une sorte de déclaration d'amour que j'ai intitulée *Rêve d'artiste*.

Parfois j'ai le désir d'une sœur bonne et tendre,
D'une sœur angélique au sourire discret :
Sœur qui m'enseignera doucement le secret
De prier comme il faut, d'espérer et d'attendre.

J'ai ce désir très pur d'une sœur éternelle,
D'une sœur d'amitié dans le règne de l'Art,
Qui me saura veillant à ma lampe très tard
Et qui me couvrira des cieux de sa prunelle ;

Qui me prendra les mains quelquefois dans les siennes
Et me chuchotera d'immaculés conseils,
Avec le charme ailé des voix musiciennes ;

Et pour qui je ferai, si j'aborde à la gloire,
Fleurir tout un jardin de lys et de soleils
Dans l'azur d'un poème offert à sa mémoire.

30 novembre 1898

Le père Seers se trompait. Je n'ai pas beaucoup de chance avec les femmes.

J'ai rencontré Robertine au cours d'une soirée de bienfaisance. Vêtue d'un élégant corsage à manches gigot et d'une longue jupe noire prolongée par une traîne, elle était entourée de sa cour dont elle a pris congé d'un geste badin en me voyant.

Elle m'a abordé tout sourire.

— Émile! Je suis contente de vous voir, mon cher. J'ai bien reçu votre sonnet. Tout à fait charmant. Mais je ne sais comment je dois le prendre. Vous ne parlez pas de moi dans ces vers, j'espère! Ce serait ridicule. Voyons! Je pourrais être votre mère! En tout cas... si vous voulez que je vous publie, cessez ces enfantillages et écrivez-moi plutôt des poèmes religieux ou faites dans le patriotique comme Louis Fréchette. Vous le connaissez? Je peux vous présenter si vous le voulez... Venez!

J'ai décliné l'offre poliment.

— Une autre fois, peut-être... Je vous remercie. Je dois rentrer tôt. Je l'ai promis à ma mère...

— Ah! Oui… Cette pauvre Émilie… Comment se porte-t-elle ? Mieux, je l'espère ! Vous la saluerez de ma part…

Ce soir-là, amant dépité, vaincu dès le premier assaut, je me suis enfermé dans ma chambre et, pour me soulager le cœur, j'ai écrit d'une traite deux poèmes destinés à cette femme détestée. L'un, désespéré, l'autre, presque vengeur. Un jour, je trouverai le courage de les envoyer à cet insupportable bas-bleu vieillissant qui refuse mon amour et qui, tout en agissant avec la plus parfaite courtoisie, me traite en simple enfant gâté.

Certes, il ne faut avoir qu'un amour en ce monde,
Un amour, rien qu'un seul, tout fantasque soit-il ;
Et moi qui le recherche ainsi, noble et subtil,
Voici qu'il m'est à l'âme une entaille profonde.

Elle est hautaine et belle, et moi timide et laid :
Je ne puis l'approcher qu'en des vapeurs de rêve.
Malheureux ! Plus je vais, et plus elle s'élève
Et dédaigne mon cœur pour un œil qui lui plaît…

Combien je vous déteste et combien je vous fuis :
Vous êtes pourtant belle et très noble d'allure,
Les Séraphins ont fait votre ample chevelure
Et vos regards couleur du charme brun des nuits.

Depuis que vous m'avez froissé, jamais depuis,
N'ai-je pu tempérer cette intime brûlure :
Vous m'avez fait souffrir, volage créature,
Pendant qu'en moi grondait le volcan des ennuis.

Moi, sans amour jamais qu'un amour d'Art Madame,
Et vous, indifférente et qui n'avez pas d'âme,
Vieillissons tous les deux pour ne jamais se voir.

Je ne dois pas courber mon front devant vos charmes;
Seulement, seulement, expliquez-moi ce soir,
Cette tristesse au cœur qui me cause des larmes[79].

1er décembre 1898

J'ai bien réfléchi. J'ai retenu les leçons du père Seers. Je sais que j'ai besoin de cette femme pour assurer ma gloire. Je la ménagerai donc. Je jouerai le jeu et jamais elle ne saura à quel point elle m'a blessé dans ce que j'ai de plus sensible et de mieux caché : mon orgueil. Mon incommensurable orgueil.

5 décembre 1898

Le père Seers a raison. On commence à parler de moi dans les salons. À l'archevêché, il paraît que monseigneur Bruchési a dit le plus grand bien de mon poème anti-juif, *Les Déicides*[80], qui n'est pourtant pas dans mon style habituel ni ce que j'ai écrit de plus brillant.

---

79. *Beauté cruelle* et *À une femme détestée.*
80. Ce poème plus ou moins de commande est un des seuls du poète qui exprime des idées politico-religieuses. S'inspirant de textes antisémites à la mode du temps, il y accuse les Israélites d'appartenir à «une race flétrie» condamnée à errer à travers le monde pour avoir été responsable de la mort du Christ.

Arthur, qui se plaint que je le délaisse, m'a appris qu'on regrette de m'avoir chassé de l'École littéraire en raison de mes trop nombreuses absences. Au cours des deux dernières séances, on aurait même lu de mes vers.

9 décembre 1898

Sur proposition de Gonzalve Desaulniers, je viens d'être réadmis dans les rangs de l'École qui doit donner une grande soirée publique au château Ramezay, le 29 décembre prochain.

Arthur était si heureux de me revoir qu'il m'a serré dans ses bras à m'étouffer. Charles m'a également donné une solide poignée de main et ne me lâchait plus. Les autres m'ont salué avec l'empressement suspect et les flatteries de ceux qui se disent : *après tout si un jour ce jeune fou accède à la célébrité, je pourrai prétendre que je suis de ses vieux amis.*

Visiblement jaloux de l'attention suscitée par mon retour, Wilfrid Larose, qui agissait à titre de président, a rappelé tout le monde à l'ordre et m'a demandé d'une voix fielleuse :

— Monsieur Nelligan nous fera-t-il l'honneur de nous présenter les pièces qu'il lira lors de notre spectacle de décembre ?

Je leur ai lu trois poèmes dont *L'Idiote aux cloches* que j'ai récité en mimant les gestes de la pauvre simplette qui court les routes à la poursuite des cloches pascales volant vers Rome.

Vif succès.

— Bravo! Vraiment excellent!

Les applaudissements et les félicitations ont fusé de toutes parts.

Sonnent les cloches!

Ah! lon laire et lon lan la[81]*!*

25 décembre 1898

J'avais prévu fêter mes dix-neuf ans chez Arthur. Maman tenait à ce que je réveillonne à la maison et que je me joigne à la famille pour assister à la messe de minuit.

J'y ai consenti par faiblesse. Non, par lâcheté.

Ça a été sinistre.

Père, qui espérait m'avoir remis dans le droit chemin, a gardé un silence renfrogné pendant tout le repas. Maman et mes sœurs, redoutant une discussion orageuse, se taisaient également.

---

81. Refrain du poème *L'Idiote aux cloches*.

Je suis monté dans ma chambre au milieu de la veillée.

Gertrude a levé la tête de son assiette et m'a lancé avec une moue désolée :

— Joyeux Noël, Émile !

Je lui ai fait un signe de la main.

Maman, quant à elle, n'a pas bronché et quand j'ai croisé son regard, j'y ai lu un tel désarroi que j'en ai eu le cœur serré.

29 décembre 1898

Le grand jour est arrivé. Trois cents spectateurs avaient envahi la petite salle du château Ramezay. Robertine était là, dans la première rangée, parlant fort et agitant son éventail. Le père Seers également. Maman n'avait pu se déplacer, clouée au lit par une mauvaise grippe.

Dans les coulisses, en l'occurrence un petit cabinet s'ouvrant sur le côté de l'estrade servant de scène, nous étions tous très nerveux.

Wilfrid Larose a fait le discours d'ouverture. Il a présenté l'École comme une association d'enseignement mutuel dont les membres étaient *des jeunes gens épris de notre belle langue.* Il a précisé qu'au sein de notre cénacle il n'y avait pas de maîtres attitrés et que nous étions les élèves des uns et des autres. Quelle bonne blague ! Puis, avant de conclure, il a ajouté, cette fois avec justesse, qu'une telle entreprise demandait du courage du fait qu'il n'y avait pas d'argent à la clé et qu'hélas, nous vivons une époque *où tout ce qui ne paie pas est réputé gaspillage de temps, erreur de jugement et constitue, aux yeux de la masse, rien de moins qu'un signe d'aliénation mentale.*

Louis Fréchette, notre président d'honneur, quant à lui, devait faire une lecture publique de passages de sa dernière pièce, *Veronica,* et nous, humblement, nous devions lire nos poèmes entre chacune des interventions de l'illustre personnage. Mais le bonhomme, une fois parti, nous a servi au complet quatre actes en vers de sa maudite création. Une tragédie impossible de femme jalouse qui, dans la Florence du XVIIe siècle fait décapiter sa rivale. Les femmes de l'auditoire étaient pâmées et poussaient de petits cris horrifiés. Leurs époux, les mains sur le ventre, s'efforçaient de ne pas s'endormir. Et le gros Fréchette de continuer à déclamer ses longues tirades grandiloquentes avec des répliques immortelles du genre :

C'est un Arabe alors et non un Turc, Au fond
Tout ça c'est à peu près carafe et carafon...

Ou bien :

J'aime beaucoup la poularde aux asperges
Avec les anciens crus ; et vous signore ?
Arthur était tordu de rire et imitait notre grand poète en
faisant mine de l'étrangler pour le faire taire enfin.

Eh bien, alors, va-t'en, maudit ivrogne ! Ou gare
Qu'aux plis de ton pourpoint, ce poignard ne s'égare !

Entre deux actes, pendant que Fréchette, en sueur, quittait la scène pour s'éponger et reprendre son souffle, Arthur, Charbonneau et Gonzalve eurent à peine la chance de réciter quelques poèmes. Massicotte et Ferland, plus futés, s'étaient absentés à la dernière minute pour cause de maladie…

Mon tour est arrivé.

J'ai lu mes trois textes sans trop bafouiller. Trois petits tours et puis s'en vont ! On m'a applaudi. J'ai salué puis j'ai cédé ma place à notre grand génie national que la foule a de nouveau accueilli par un tonnerre de bravos et de bravissimos délirants.

Et voilà toute l'affaire ! Une soirée navrante en tout point et qui me fait désespérer plus que jamais du goût du public montréalais.

30 décembre 1898

Le lendemain matin, j'ai quand même ouvert le journal afin de lire les critiques de la soirée.

Le discours de Larose était reproduit *in extenso*. On saluait « la farouche beauté et l'horreur sublime » de l'affreux mélo de Fréchette. On y vantait accessoirement les jeunes poètes qui avaient participé au spectacle en concluant sur ces mots révélant une finesse d'analyse à faire pleurer de bêtise : « C'est de la poésie, de la vraie et de la bonne ! »

Mon nom était à peine cité dans l'article. Je suis complètement découragé.

31 décembre 1898

Un prophète du nom de Rudolphe Falb, astronome et professeur à l'Université de Vienne, prétend parler au Christ tous les jours. Au cours d'un entretien privé, Notre-Seigneur lui a annoncé que la fin du monde aura lieu la semaine prochaine, entre deux heures et cinq heures du matin, à la suite de la chute d'une énorme comète qui enflammera notre atmosphère et répandra à la surface du globe des gaz délétères mortels. Fasse que ce bolide sidéral tombe sur cette ville !…

7 janvier 1899

De jour en jour, l'atmosphère de la rue Laval s'alourdit. Cette année, c'est père qui, au jour de l'An, a refusé de nous bénir sous prétexte que ce n'est pas une coutume irlandaise.

Quand je ne suis pas là, il pénètre dans ma chambre et déchire avec rage tous les papiers qui lui tombent sous la main. Sans cesse, il me cherche querelle au moindre prétexte et me harcèle afin que j'accepte un nouvel emploi ou que je reprenne la mer au plus tôt.

Maman, dont le penchant à la neurasthénie s'est aggravé, pèse sur moi d'une autre manière. Elle vit dans une angoisse perpétuelle, se fait un sang d'encre dès que je sors, me pose mille questions. Bref, elle m'étouffe de son amour.

Il faut que je quitte cette maison. Ce qui s'est produit vendredi dernier, jour de l'Épiphanie, n'a fait que confirmer l'absolue nécessité de cette décision. Cette fois maman a dépassé les bornes. Oui, je dois m'éloigner d'elle si je ne veux pas devenir l'esclave de son attachement maternel démesuré.

J'avais fui le logis depuis trois jours et accepté plusieurs invitations pour m'étourdir et échapper à l'enfer familial.

Idola Saint-Jean m'avait proposé de fêter les Rois chez elle en compagnie de quelques-unes de ses amies.

J'avais prévenu maman de ne pas m'attendre.

La soirée était des plus agréables et, comme j'étais le seul homme au milieu de cinq amazones plutôt délurées, la conversation a vite tourné au badinage pas toujours innocent. On se disputait pour se serrer contre moi ou s'installer à mes pieds. On me couvrait de caresses. On remplissait ma coupe et, bien entendu, quand est venu le moment de partager la traditionnelle galette garnie de sucre d'érable et de trois étoiles d'or, j'ai été d'office couronné roi et sommé de désigner ma reine.

— Ce sera Idola! ai-je proclamé, en levant ma coupe de champagne.

Ma belle amie a accepté volontiers. Idola, mon idole. Idola, mon idéal! Quelqu'un s'est mis au piano et a joué une valse. Nous avons dansé. Elle m'a tendu ses lèvres…

Un peu ivre, je ne garde pas un souvenir précis de ce qui s'est passé ensuite, mais je sais que jamais je n'avais vécu de tels instants de volupté. Nous avons bu au-delà du raisonnable. On m'a demandé d'improviser quelques vers licencieux qui firent beaucoup rire ces demoiselles. Trois d'entre elles, échauffées par les vapeurs de l'alcool, avaient dégrafé leurs corsages ou relevé leurs jupons, pour s'abandonner sans gêne au fond des causeuses et des divans.

Je sais qu'à un moment donné Idola m'a entraîné dans son alcôve. Elle sentait bon et elle m'a pris les mains pour les mettre sur ses hanches. Nous avons échangé un baiser passionné… Peut-être davantage…

Deux heures du matin ont sonné à la pendule du salon quand, soudain, des coups violents, frappés à la porte, ont réveillé les invitées assoupies.

Idola, à moitié nue, est allée ouvrir.

C'était Émilie, trempée jusqu'aux os. L'air hallucinée, telle une Médée tragique.

— Émile est-il là ? Je l'ai cherché par toute la ville…

J'ai remonté mon pantalon. J'ai enfilé ma veste et ai suivie ma dominatrice de mère en lui donnant la main comme un enfant pris en faute.

— Je suis là, maman.

Je n'ai jamais eu aussi honte de ma vie.

11 février 1899

J'ai passé la journée devant la fenêtre à regarder la neige tomber. Les érables du carré Saint-Louis ressemblent à des chandeliers de cristal et le parc est un désert blanc. La nuit dernière, il a fait très froid et, comme mon père ménage le charbon, on gèle dans ma chambre.

En me levant, j'ai remarqué que ma vitre était couverte d'une fine couche de givre dessinant de fragiles arborescences. J'ai soufflé dessus pour la faire fondre et me ménager un minuscule hublot contre lequel j'ai collé mon œil.

Toute la journée, la neige a continué de tomber effaçant les formes, étouffant les bruits de la rue, recouvrant tout de son linceul immaculé.

Ce paysage vide et glacé est à l'image exacte de ce que j'éprouve présentement. Comme ces flocons, mes pensées sans consistance s'accumulent et sont dispersées par le vent. Mon cœur, vidé d'espoir, est comme cette fontaine dont la musique s'est éteinte et dont l'eau s'est figée en glace. Toute ma souffrance, tout mon ennui s'exprime dans ce soir d'hiver qui n'en finit plus de mourir.

J'ai pris une feuille de papier et les vers me sont venus telle une chanson triste pleine de cris de douleur et de sanglots étouffés.

Ah! Comme la neige a neigé!
Ma vitre est un jardin de givre.
Ah! Comme la neige a neigé!
Qu'est-ce que le spasme de vivre
À la douleur que j'ai, que j'ai!

Tous les étangs gisent gelés,
Mon âme est noire : Où vis-je ? Où vais-je ?
Tous ses espoirs gisent gelés :
Je suis la nouvelle Norvège
D'où les blonds ciels s'en sont allés.

Pleurez, oiseaux de février,
Au sinistre frisson des choses,
Pleurez, oiseaux de février,
Pleurez mes pleurs, pleurez mes roses,
Aux branches du genévrier.

Ah ! Comme la neige a neigé !
Ma vitre est un jardin de givre.
Ah ! Comme la neige a neigé !
Qu'est-ce que le spasme de vivre
À tout l'ennui que j'ai, que j'ai !...

17 février 1899

J'ai du mal à me concentrer, à écouter, à lire. Mes pensées s'effilochent et mon cœur est pavé de désespoir.

Insomniaque, je ne dors plus que quelques heures par nuit. Je n'ai plus faim. Je ne désire plus rien. Je deviens irritable. Les larmes me viennent aux yeux ou, au contraire, je me mets à rire sans raison.

Je sens voler en moi les oiseaux du génie
Mais j'ai tendu si mal mes pièges, qu'ils ont pris,
Dans l'azur cérébral, leurs vols blancs, bruns et gris,
Et que mon cœur brisé râle son agonie[82].

---

82. Extrait d'un poème non retrouvé cité dans la préface de Louis Dantin, *Nelligan et son œuvre*.

124

Cloîtré dans ma chambre, je peux passer la journée entière couché sur mon lit sans bouger, une couverture tirée sur ma tête.

Ô sommeil, donnez-moi votre baiser de joie!

Je n'ai plus le goût de voir personne. Je vis à l'intérieur de mon crâne comme un prisonnier dans sa cellule, ressassant de sombres pensées et poursuivant je ne sais quelle chimère. J'ai des visions fantasmagoriques. Je rêve de jardins où soupirent des jets d'eau. Je rêve surtout de l'Éden d'or de mon enfance qui s'en est allée, des jours anciens dispersés comme feuilles mortes. Et ces images de bonheur laissent place à d'affreux cauchemars. Tantôt je me vois entouré par des maçons qui construisent autour de moi des murs de ténèbres et enferment mon âme dans un noir donjon. Tantôt je me vois comme un grand lys noir entre des roses blanches, ou bien encore je me retrouve sur une lande déserte pleurant sans savoir pourquoi devant les ruines d'une chapelle…

Je rêve et pourtant je ne dors pas. Tout se passe comme si je sombrais dans mon ténébreux monde imaginaire tel un nageur fatigué qui se laisse couler.

Je suis malade. Je le sais. Cet *épanchement du songe dans la vie réelle*[83] finira

---

83. L'expression est de Gérard de Nerval dans *Aurélia*.

par m'être fatal et, un jour, je ne saurai plus où se situe la fragile frontière entre ces deux mondes.

Pour l'instant le seul remède que j'ai trouvé pour secouer cet état de torpeur et de rêve éveillé est d'enfiler mon manteau et de sortir. Mais là encore ces brusques envies de déambulation ont un caractère si impératif et si déraisonnable que maman s'en émeut et me fait mille remontrances :

— Voyons, Émile, tu ne peux pas quitter la maison comme ça ! Tu es tout débraillé ! T'es-tu lavé au moins ?

Le pire, c'est qu'une fois dehors, je ne me sens pas toujours délivré de mes fantasmes. Parfois, j'éprouve le curieux sentiment d'être suivi, espionné, et je hâte le pas ou je me cache dans l'ombre d'une porte cochère guettant d'invisibles ennemis.

La seule personne que je vois encore régulièrement est le père Seers. Nous discutons à voix basse dans le parloir de son monastère. Il lit ce que je lui apporte avec des précautions de conspirateur. Je lui confesse mon désarroi et mon état d'extrême fatigue mentale :

— Mon père, mon cœur est profond et vide comme un gouffre. Je n'ai plus le goût de vivre…

Il me secoue et tente de me redonner courage.

— Il faut travailler, Émile. Le découragement est le lot de tous les grands artistes. Dieu t'a donné un don qui t'élève au-dessus du commun des mortels. Ne le gaspille pas. Tu dois persévérer, poursuivre la route où l'idéal t'appelle.

Ces visites me font du bien… jusqu'à ce que je sois assailli de nouveau par mes troupeaux de névroses et que mon esprit soit hanté par ses rêves nébuleux…

21 février 1899

Ces messieurs de l'École littéraire organisent une deuxième séance publique qui aura lieu dans un mois au Monument national. Ils m'ont demandé si je pensais y participer. J'ai hésité avant de donner mon accord. Puis, j'ai fini par accepter, Arthur m'ayant assuré que cette fois il s'agirait bien d'un véritable récital de poésie où nous aurions tous la chance de briller.

24 février 1899

Nouvelle déception. Sans doute pour attirer plus de monde, cet imbécile de Larose avait invité l'historien Laurent-Olivier David pour ouvrir le spectacle. Ce dernier a évidemment accaparé les trois quarts du temps. Je bouillais d'impatience et maudissais celui qui avait conçu ce programme où je ne figurais qu'en dixième place.

Quand est venu mon tour, le public, saoulé de mots, était déjà las. Il faisait une chaleur étouffante. Une grosse dame juste en avant de moi s'éventait, au bord de l'évanouissement. Un enfant, plus loin, s'est mis à pleurnicher. J'ai attendu que le silence se fasse. En vain. Les murmures et les conversations privées n'avaient pas l'air de vouloir cesser. Alors, pressé d'en finir, j'ai déclamé mes vers d'une voix forte qui a couvert en partie ces bruits importuns. Le public a prêté une attention distraite à mes deux premiers poèmes. La sueur au front, j'ai donc expédié les trois autres au plus vite, accélérant mon débit sans même m'en rendre compte et achevant ma prestation avec un soulagement à peine dissimulé.

Applaudissements dispersés.

À peine avais-je quitté la scène que Wilfrid Larose m'a accueilli, la main tendue :

— Bravo, Émile ! Belle performance !

Je me suis retenu pour ne pas lui asséner un solide coup de poing en pleine figure.

25 février 1899

Redoutant des critiques désastreuses, j'avais résolu de ne pas ouvrir les journaux.

Un ami serviable s'est chargé de me les communiquer. Bien entendu, la conférence de David était portée aux nues et le reste se résumait à des éloges parfaitement insignifiants. Le journaliste nous comparait à des troubadours des temps modernes. Nous distillions le nectar des dieux, etc. Et ce béotien n'avait qu'un reproche à nous adresser qui donnait la mesure de son inculture abyssale : il nous trouvait trop mélancoliques, se plaignant que nous ne l'ayons « pas fait beaucoup rire ».

J'ai poussé un juron et j'ai feuilleté les autres quotidiens craignant cette fois le pire. À ma grande satisfaction, le spectacle était passé presque inaperçu, sauf dans *Le Monde illustré* où il avait fait l'objet d'un court compte rendu signé par un certain E. de Marchy, journaliste français de passage à Montréal. Celui-ci y brossait des portraits assez élogieux de tous les participants de la soirée à une seule exception près : moi dont il tournait en ridicule le poème intitulé *Le Perroquet* qu'il trouvait franchement mauvais avec « une trop grande variété de couleurs dans le plumage ».

Il faisait un froid glacial. Maman venait d'allumer un bon feu dans la cheminée. J'ai bouchonné tous les journaux et les ai jetés au milieu des flammes en m'écriant :

— Les sinistres crétins !

10 mars 1899

Aujourd'hui, dans la cour de la prison de Sainte-Scholastique, on a pendu Cordélia Viau. Aidée de son amant, elle avait, à ce qu'il paraît, égorgé son mari. Si j'étais auteur dramatique ou si je composais des opéras, voilà un beau sujet qui m'inspirerait. Ah ! vivrai-je un jour, moi aussi, de telles passions dévorantes ?

8 avril 1899

Vendredi saint. Décidément mon chemin de croix n'est pas encore achevé. Hier, au château Ramezay, j'ai dû pour la troisième fois livrer à la foule quatre de mes compositions dont *La Passante*, un de mes bons poèmes qui – ô surprise ! – semble avoir ému quelques spectatrices à qui j'ai soutiré des sanglots étouffés.

> *Hier, j'ai vu passer, comme une ombre qu'on plaint,*
> *En un grand parc obscur, une femme voilée :*
> *Funèbre et singulière, elle s'en est allée,*
> *Recélant sa fierté sous son masque opalin.*

Et rien que d'un regard, par ce soir cristallin,
J'eus deviné bientôt sa douleur refoulée;
Puis elle disparut en quelque noire allée
Propice au deuil profond dont son cœur était plein.

Ma jeunesse est pareille à la pauvre passante:
Beaucoup la croiseront ici-bas dans la sente
Où la vie à la tombe âprement nous conduit;

Tous la verront passer, feuille sèche à la brise
Qui tourbillonne, tombe et se fane en la nuit;
Mais nul ne l'aimera, nul ne l'aura comprise.

Mais, hélas, il a fallu que ce judas de Jean Charbonneau me gâche tout le plaisir de ce modeste succès en se lançant juste après moi dans un exposé à l'emporte-pièce où il faisait le procès du Symbolisme en littérature qui, selon lui, était le fruit d'une génération bizarre et tourmentée, une tentative qui dénaturait l'Art.

Le traître! Sans raison, sinon une sourde jalousie, il nous reniait tous en général et moi en particulier, fournissant en plus le marteau et les clous pour me crucifier.

Quel magnifique salaud!

15 mai 1899

Depuis le mois d'avril, je boude toutes les réunions de l'École. Une dernière séance publique est planifiée pour le 26 mai. Le père Seers insiste pour que je m'y inscrive. Faudra-t-il que je vide la coupe jusqu'à la lie?

La Minerve a déjà publié le programme et trois de mes titres y figurent alors que je n'ai pas encore donné ma réponse définitive.

21 mai 1899

> *Mon rêve rôde étrangement;*
> *Et je suis hanté tellement*
> *Qu'en moi toujours dans mes ténèbres*
> *J'entends geindre des voix funèbres[84].*

Plein de spleen nostalgique et de rêves étranges[85], je vis maintenant complètement retiré du monde.

Ma chambre, volets clos, lampe éteinte, délimite mon univers intime. Quand je ferme les yeux, j'entends dans ma tête comme un violon qui pleure et des voix qui me chuchotent à l'oreille. Enjôleuses, elles me bercent ou, au contraire, elles me tourmentent, m'accusent et me menacent.

Mon Dieu! De quel péché suis-je coupable? À moins que, tout simplement, je sois en train de perdre la raison… Dans ce cas, je n'ai pas une minute à perdre. Il faut que

---

84. Extrait de *Marches funèbres.*
85. Vers tiré de *Billet céleste.*

j'achève mon œuvre pendant qu'il me reste quelques lueurs de lucidité.

Écrire... Écrire, jour et nuit comme si je devais mourir demain...

Chose étonnante : plus cette idée de ma mort m'habite, plus ma plume noircit facilement le papier...

26 mai 1899

La journée avait bien mal débuté. Un temps de chien. Du vent, de la pluie...

Pourtant, dès huit heures, une foule se pressait aux portes de la salle de conférence du château Ramezay. La bonne nouvelle, c'était que Louis Fréchette, malade, avait décliné l'honneur de présider la soirée. Par contre, Wilfrid nous menaçait d'un exposé-fleuve sur l'éducation aux États-Unis et, comme d'habitude, je me retrouvais en fin de liste parmi les huit poètes qui devaient se produire ce soir-là, mon nom ne figurant même pas sur le programme publié dans *La Patrie*.

Je n'espérais donc rien et, si ce n'avait été d'Arthur qui me surveillait du coin de l'œil, j'aurais enfilé mon capot et volontiers filé à l'anglaise par quelque issue dérobée.

Le déroulement du spectacle ressemblait d'ailleurs à s'y méprendre à celui des autres fois. Le public était le même. Des dames de la bonne société arborant leurs plus belles toilettes, des notables, des soutanes, quelques étudiants chahuteurs.

Gill a lu ses *Stances aux étoiles* qui ont remporté un franc succès.

Étoiles ! Tourbillons de poussière sublime
Qu'un vent mystique emporte au fond du ciel désert…

J'ai donc lu sans grand enthousiasme mes deux premiers poèmes, *Le Talisman* et *Rêve d'artiste*. Puis j'ai déclamé les premiers vers de ma *Romance du vin*.

Tout se mêle en un vif éclat de gaîté verte.
Ô le beau soir de mai ! Tous les oiseaux en chœur,
Ainsi que les espoirs naguères à mon cœur,
Modulent leur prélude à ma croisée ouverte…

Alors, tout à coup, sans que je sache pourquoi, je me suis senti envahi par un sentiment d'impuissance et de rage amère. Que faisais-je ici devant ces gens qui au fond se moquaient totalement de mes souffrances ?

Du coup, au lieu de lire mon poème de manière «artistique», j'ai adopté un ton provocateur et enflammé. Oubliées les convenances ! Au diable le public ! Je ne récitais plus, je criais à la face du monde mon désespoir et ma révolte.

134

Je suis gai! Je suis gai! Dans le cristal qui chante
Verse, verse le vin! Verse encore et toujours,
Que je puisse oublier la tristesse des jours,
Dans le dédain que j'ai de la foule méchante!

Je suis gai! Je suis gai! Vive le vin et l'art!...
J'ai le rêve de faire aussi des vers célèbres,
Des vers qui gémiront les musiques funèbres
Des vents d'automne au loin passant dans le brouillard.

C'est le règne du rire amer et de la rage
De se savoir poète et l'objet du mépris,
De se savoir un cœur et de n'être compris
Que par le clair de lune et les grands soirs d'orage!

Femmes! Je bois à vous qui riez du chemin
Où l'Idéal m'appelle en ouvrant ses bras roses;
Je bois à vous surtout, hommes aux fronts moroses
Qui dédaignez ma vie et repoussez ma main!

Pendant que tout l'azur s'étoile dans la gloire,
Et qu'un hymne s'entonne au renouveau doré,
Sur le jour expirant je n'ai donc pas pleuré,
Moi qui marche à tâtons dans ma jeunesse noire!...

J'étais dans un tel état d'exaltation que
j'ai failli perdre connaissance et j'ai dû m'arrêter quelques secondes pour reprendre
haleine. J'avais les larmes aux yeux et, étonné
de mon audace, j'ai parcouru la salle du regard
pour découvrir que les spectateurs eux aussi
me fixaient comme si mon cri du cœur les
avait tétanisés. Alors, rassemblant mes dernières forces, j'ai repris ma récitation et réussi,
malgré tout, à terminer mon poème dans

une dernière envolée qui s'est brisée net au dernier vers et m'a laissé le souffle coupé et le cœur battant à tout rompre.

> *... Les cloches ont chanté; le vent du soir odore...*
> *Et pendant que le vin ruisselle à joyeux flots,*
> *Je suis si gai, si gai, dans mon rire sonore,*
> *Oh! si gai, que j'ai peur d'éclater en sanglots!*

Il y a eu alors un grand silence. Puis, tout à coup, une toute jeune fille, au milieu de la pièce, s'est levée et a crié : Bravo! en frappant son éventail contre sa main gauche dégantée.

— Oui, bravo! Bravo! ont repris ses voisins en se dressant à leur tour.

Et alors, l'inconcevable s'est produit. La salle entière m'a fait une ovation debout qui a duré plusieurs minutes. Éberlué par ce triomphe inattendu, je ne savais plus quoi faire. J'ai pris le parti de saluer et ai fait un pas pour quitter l'estrade. Les applaudissements ont redoublé. Des spectateurs se sont levés de leur siège et m'ont entouré, cherchant à me toucher et à me serrer dans leurs bras...

Cinq minutes plus tôt, j'étais pour eux un inconnu et voilà qu'ils découvraient en moi «le plus grand des poètes canadiens-français», «le messie de la littérature nouvelle»...

Tout cela me dépassait.

Il y avait deux auteurs qui, selon la programmation, devaient prendre ma suite. De la main je les ai pressés d'entrer en scène. Ils m'ont fait signe qu'ils préféraient y renoncer et que, de toute manière, la soirée allait s'achever là.

J'ai tenté une dernière fois d'échapper à la foule en délire. Des mains m'ont agrippé et j'ai senti qu'on me soulevait dans les airs. C'était un groupe d'admirateurs qui avaient décidé de me porter en triomphe sur leurs épaules !

— Lâchez-moi ! ai-je supplié. Vous êtes fous !

J'ai entrevu Bussières et le père Seers qui suivaient de loin le cortège. Je leur ai lancé des regards désespérés.

Arthur, les mains en porte-voix, m'a crié :

— Que veux-tu, mon vieux, c'est la rançon de la gloire !

Pendant plus d'une heure, on m'a ainsi porté à travers les rues de Montréal. Trois ou quatre joyeux carabins armés de flambeaux ouvrant la marche et les autres entonnant des chansonnettes ou poussant régulièrement des bans d'honneur en hommage à leur « nouveau Prince des poètes ».

L'un d'eux m'a demandé :

— Où habitez-vous, monsieur Nelligan ?

— Rue Laval.

— Eh bien ! Nous allons vous reconduire chez vous !

Quelle soirée inoubliable! Quelle jubilation également au souvenir de la tête de mon père quand il est sorti sur le perron pour voir ce qui se passait devant chez lui.

— *What is the meaning of this masquerade*[86]? grogna-t-il.

— Vous êtes son père? s'est enquis un de mes porteurs.

— *Yes and pray tell me what he has done and where he has once again been wasting his time*[87].

— Monsieur, s'est indigné mon admirateur, vous ne savez pas de qui vous parlez. Votre fils, ce soir, a connu une véritable apothéose. C'est un génie! Demain, tout le monde parlera de lui et vous devriez être honoré d'avoir un tel fils. Allez, les gars, tous en chœur!

— Vive Émile Nelligan! Vive Émile Nelligan!

Toute la nuit, ce cri victorieux a retenti dans ma tête.

Célèbre. Je suis devenu célèbre. Cela m'enchante et me terrifie à la fois.

---

86. Traduction : Que signifie cette mascarade?
87. Traduction : Oui et voulez-vous bien me dire ce qu'il a fait et où il a encore été traîner?

24 juin 1899

Père est absent depuis un mois. Maman et mes sœurs sont parties pour l'été dans le Bas-du-Fleuve.

Je ne peux pas supporter l'idée de demeurer seul dans cette grande maison vide avec ses meubles et son piano couverts de draps, son horloge au battant immobile et ses volets fermés. Comme si on y portait le deuil de quelqu'un…

J'ai espéré pendant toute ma courte vie atteindre la gloire et maintenant que je suis aux portes de celle-ci, je suis paralysé par la peur, incapable d'écrire une seule ligne, torturé plus que jamais par le doute.

Tout se passe comme si ma volonté et mon esprit surmenés en atteignant leur but si ardemment désiré avaient craqué comme les cordes d'un instrument venant de jouer les dernières notes de la plus sublime mélodie.

J'entends à nouveau des voix. Elles sont plus envahissantes, plus volubiles, plus tentatrices, plus exigeantes. Je me bouche les oreilles pour ne plus les entendre. Mais elles continuent de bourdonner dans mon crâne, quand elles ne se mettent pas à hurler des phrases incohérentes telles des furies de chœur antique. Elles m'exhortent à suivre une nouvelle étoile qui bientôt va se lever dans le ciel.

Ou bien elles m'enjoignent de prendre les armes pour sauver mon pays, moi qui hais le sang et qui, au collège, ne me suis jamais battu !

Comment leur échapper ? Il faut que je sorte, que les rumeurs de la rue les dominent et que la dépense physique de longues heures d'errance les fasse taire.

Alors je marche. Je marche jusqu'à épuisement, m'assommant de bruits : ferraillement des tramways, fracas assourdissant des fonderies, beuglements provenant des tavernes.

Et tout en marchant, je me récite mes vers. Je les répète à tout vent comme on prononce des incantations. Pour me prouver que j'ai encore ma raison. Pour me prouver que j'existe…

Cet après-midi, alors que je me livrais à cet exercice incongru au milieu d'une foule de passants pressés, j'ai ressenti un sentiment de panique qui m'a donné l'envie irrésistible de parler à un de ces inconnus pour ne plus être seul avec moi-même. J'ai saisi un homme par le bras et je l'ai forcé à s'arrêter. Il m'a d'abord pris pour un clochard et a fouillé dans sa poche.

— Non, non, écoutez :

Ce fut un grand vaisseau taillé dans l'or massif
Ses mâts touchaient l'azur sur des mers inconnues…

Le type, effaré, s'est débattu.

— Mais qu'est-ce que vous me voulez ?
Vous êtes fou ! Lâchez-moi ! Au secours !

FOU. Oui, c'est cela : je deviens fou.

3 juillet 1899

Poète errant sous son massif ennui, je vis
maintenant dans la rue. Je n'ai pas mangé
depuis au moins deux jours.

Le père Seers m'a donné un peu d'argent. Il se fait du souci à propos de ma santé.
Bussières a changé d'adresse et j'ignore où
il habite. Quand je ne sais pas où dormir,
j'entre dans la basilique Notre-Dame. Là, dans
la lumière bleue et or de la voûte et de l'autel,
je retrouve une certaine quiétude. Ce qui me
permet de dormir quelques heures.

Je m'installe toujours au même endroit.
Sous trois verrières représentant des femmes
qui jouent de la musique. Celle du centre est
sainte Cécile, la sainte patronne des musiciens.
Elle a les cheveux blonds. J'ai l'impression
qu'elle me sourit, qu'elle me couve de son
regard bienveillant. Je lui parle. Je lui chuchote
des mots d'amour aussi fervents que stériles.

De pauvres mots qui sentent l'encens et
tremblotent comme la flamme fragile des
lampions :

Telle sur le vitrail de mon cœur je t'ai peinte,
Ma romanesque aimée, ô pâle et blonde sainte,
Toi, la seule que j'aime et toujours aimerai ;

Mais tu restes muette, impassible, et, trop fière,
Tu te plais à me voir, sombre et désespéré,
Errer dans mon amour comme en un cimetière[88] !

10 juillet 1899

Je plaque lentement les doigts de mes névroses
Chargés des anneaux noirs de mes dégoûts
Sur le sombre clavier de la vie et des choses[89].

Je ne dors presque plus. Je bois pour noyer mon ennui. De l'absinthe ou du mauvais vin. Quand je suis ivre, je tombe dans un puits noir.

La nuit dernière j'ai fait un rêve bizarre. Au milieu d'un brouillard épais, je suivais un corbillard tiré par quatre chevaux noirs richement harnachés. Il bruinait. C'était l'automne… J'étais seul. Au loin, des cloches sonnaient leur glas funèbre. Bientôt, la voiture a ralenti et a emprunté une allée dans un jardin rouillé de feuilles mortes. Elle s'est arrêtée devant une maison que j'ai cru reconnaître. À la porte de celle-ci un crêpe de deuil battait au vent. L'huis

---

88. *Amour immaculé.*
89. Fragment de poème intitulé *Je plaque* dans l'édition Lacourcière.

s'est ouvert et quatre croque-morts ont sorti un cercueil sur leurs épaules. C'est alors que le couvercle de la bière a glissé et a laissé entrevoir le cadavre qui s'y trouvait allongé, bras croisés sur la poitrine, un chapelet entre les doigts.

Et ce cadavre, c'était moi...

13 juillet 1899

J'ai maintenant sans arrêt des visions qui me laissent glacé d'horreur.

Hier, j'étais assis dans ma chambre. Je relisais un poème d'Edgar Poe que j'aime beaucoup[90]. Un mot revenait comme un refrain lancinant : *Nevermore!* Plus jamais! Ce mot, je me suis mis à le répéter à haute voix et les larmes me sont montées aux yeux. Plus jamais! Ces mots à eux seuls résumaient tout mon désespoir et résonnaient dans ma tête comme un carillon funèbre.

À cet instant j'ai vu un corbeau se poser sur le bord de la fenêtre ouverte. Puis un second. Puis un autre encore. Puis toute une nuée d'oiseaux, *a murder of crows*, qui ont commencé à tourbillonner autour de moi dans la pièce comme des vautours flairant une carcasse de zèbre.

---

90. *Le Corbeau.*

— Que voulez-vous? ai-je hurlé. Les meurt-de-faim et les artistes n'ont pour tout bien que leur cœur triste!

Alors le noir essaim s'est jeté sur moi et m'a déchiré à coups de bec.

17 juillet 1899

J'ai de nouveau des hallucinations cauchemardesques dignes de l'Enfer de Dante. Des visions qui paraissent si vraies que je me demande:

Est-ce que je rêve ou suis-je vraiment tombé sous l'emprise de noirs archanges?

Hier soir, par exemple, je venais à nouveau d'ouvrir un livre quand un chat noir a sauté sur ma table. D'où venait-il? Comment était-il entré?

L'animal est venu s'asseoir devant moi. Ses yeux rougeoyaient comme deux braises. Il a bâillé. J'ai vu sa langue de feu et ses crocs prêts à mordre. Sentant monter en moi une indicible épouvante, j'ai néanmoins continué à faire semblant de lire...

— Que cherches-tu dans ce livre? m'a questionné cette bête diabolique.

— Je cherche la phrase qui me délivrera de tous mes soucis!

— Tu ne la trouveras pas. Je suis le chat du désespoir et moi seul peux te soulager...

— Et comment ?

— Donne-moi ton cœur !

Et sans plus hésiter, je me suis ouvert la poitrine avec mes ongles. J'ai écarté mes côtes et me suis arraché mon propre cœur qui a battu encore quelques secondes entre mes doigts avant de se figer.

— Tiens, le voilà.

Et qu'a fait ce chat fatal ?

Il s'est jeté dessus et l'a mangé.

19 juillet 1899

Nouveau cauchemar éveillé que je revis continuellement. Je suis au milieu d'une soirée joyeuse. Je lève ma coupe et je ris aux éclats. Mes compagnons sont déjà ivres et personne n'a l'audace de répondre à mon invitation quand je propose de boire à la santé de nos pères et des pères de nos pères morts et enterrés en souhaitant que le tintement du cristal les éveille de leur grand sommeil de pierre.

Il y a alors un silence glacé. Puis trois heurts formidables ébranlent la porte.

Je crie :

— Entrez ! Plus on est de fous, plus on s'amuse.

C'est alors que, sorti de la nuit, paraît tout un cortège de squelettes qui s'installent autour de la table en faisant claquer leurs vieux os moussus. Puis l'un d'eux se lève et tourne vers moi ses orbites vides.

— Maudit! Ne respectes-tu donc rien?

Mais à ce moment, son crâne se détache des vertèbres de son cou et roule jusqu'à moi. Je le prends entre mes mains, le retourne et, m'en servant comme d'un rhyton, je le remplis de vin et le brandis pour porter un nouveau toast:

— Buvons à la Mort, mes amis! À la grande Faucheuse libératrice qui seule console les âmes en détresse.

23 juillet 1899

Il ne me reste plus beaucoup de temps. Ma longue descente aux enfers a commencé. L'envahissement du noir. Je sais maintenant que je suis en train de sombrer dans la démence.

Je parle aux murs. Je parle aux meubles. Je parle aux bibelots. Lorsque, momentanément, je retrouve mes sens, j'essaie d'écrire, mais sous ma plume ne sortent que des poèmes-tombeaux[91] sur lesquels flotte le spectre de la mort.

---

91. Voir les poèmes comme *Le Tombeau de Charles Baudelaire*, *Le Tombeau de Chopin*, *Le Tombeau de la négresse*.

Il faut pourtant que je termine mon œuvre avant de sombrer pour toujours dans *l'abîme du rêve*. Classer mes textes, dresser un plan de mon recueil, c'est ce que le père Seers me presse de parachever.

Ensuite, je pourrai m'en aller et mourir dans mon trou...

25 juillet 1899

Maman est folle d'anxiété. Quand elle sait que je suis enfermé dans ma chambre, elle vient cogner à ma porte.

— Émile, ouvre! Viens souper, tu n'as rien mangé depuis des jours.

Je reste cloué à ma table de travail, la tête entre les mains.

27 juillet 1899

Père est de retour. Il a décidé qu'il allait remettre de l'ordre dans son foyer. Après m'avoir intimé d'ouvrir une ou deux fois, il a forcé ma porte d'un coup d'épaule et a voulu s'emparer de mes cahiers et manuscrits.

Nous nous sommes empoignés. Sauvagement.

J'ai eu le dessus et je l'ai roué de coups à le tuer.

— Il est cinglé! Complètement fou! a-t-il hurlé, tout en battant en retraite.

Je n'ai pas le moindre souvenir de ce qui s'est passé ensuite…

Plus tard, maman m'a dit que j'avais piqué une crise de nerfs et perdu connaissance. Je délirais, pris de convulsions…

Craignant le pire, elle a appelé notre médecin de famille, le docteur Michael Thomas Brennan. Il m'a examiné et a jugé plus prudent de me faire hospitaliser.

30 juillet 1899

Depuis trois jours, je suis allongé sur un lit blanc entouré de murs blancs dans une salle à travers laquelle glissent silencieusement des médecins et des sœurs tout de blanc vêtus. Cet enfer blanc, c'est la clinique neurologique Notre-Dame. Un monde peuplé de fantômes hagards qui restent prostrés pendant des heures les yeux grands ouverts fixés sur le plafond.

Le médecin passe me voir de temps en temps. Je lui demande quand je pourrai sortir. Il me dit qu'il faut que je me repose.

Heureusement, j'ai réussi à voler quelques bouts de papier et un crayon que je cache sous mon oreiller.

Grâce aux médicaments, je me sens légèrement mieux et mes songes ont pris un caractère plus apaisant. La nuit dernière, sainte Cécile m'est apparue nimbée de lumière. Elle était descendue de son vitrail pour s'installer à mon chevet. Lui tendant les bras, je lui ai dit :

— Êtes-vous venue me chercher ?

Mais elle s'est évanouie au son d'une harpe céleste en murmurant :

— Pas encore… Tu n'es pas prêt…

À mon réveil, j'ai griffonné en cachette ces quelques vers chargés de remords.

Je ne veux plus pécher, je ne veux plus jouir
Car la Sainte m'a dit que pour encor l'ouïr,
Il me fallait vaquer à mon salut sur terre.

Et je veux retourner au prochain récital
Qu'elle me doit donner au pays planétaire,
Quand les anges m'auront sorti de l'hôpital[92].

2 août 1899

Je ne suis plus à l'hôpital. Je ne sais pas où l'on m'a emmené. À mon réveil, je me suis retrouvé dans une autre sorte d'enfer, parmi d'autres damnés de mon âge qui sacrent, crachent à terre et se jettent les uns sur les autres à la moindre provocation.

---

92. Extrait du poème *Rêve d'une nuit d'hôpital*.

Ils ont l'œil mauvais et portent des salopettes de travail. L'un d'eux, un rouquin au visage marqué par la picote, tourne autour de moi comme un loup affamé.

— Tu es qui, toi ? Pourquoi tu es ici ?

— Je ne sais pas…

— Tu faisais quoi, dehors ?

— J'étais poète.

Ma réponse a provoqué l'hilarité générale de tout le dortoir.

Attiré par le bruit, un prêtre au visage cadavérique[93] est venu rétablir le silence.

— Qu'est-ce que c'est que ce chambard ?

— C'est à cause du *pouette*! a lancé une voix railleuse.

Le père s'est approché de moi et ses traits durs se sont détendus pour m'offrir un pauvre sourire.

— Ne vous en faites pas, vous ne resterez pas longtemps au milieu de ces garnements…

— Mais quel est cet endroit ? ai-je demandé, atterré.

— Mon fils, vous êtes chez les frères de la Charité à l'école de réforme de la rue de Montigny.

— Et qui m'a mis là ?

---

93. L'abbé Amédée Thérien, qui va mourir le mois suivant, le 23 septembre 1899.

150

— Votre père. Il a levé un mandat contre vous en prétendant que vous êtes un délinquant dangereux et que nous seuls pouvons vous réhabiliter en vous apprenant un métier manuel.

Pendant ce temps, les autres pensionnaires en ont profité pour se chamailler de plus belle en sautant sur leur paillasse et en échangeant des coups de polochon.

D'une voix de stentor, le prêtre a rétabli un semblant d'ordre.

J'ai protesté.

— Mais mon père, je n'ai rien à faire ici. Je ne suis pas un voyou !

— Je sais, mon fils. J'ai parlé à votre mère. C'est de soins et de repos dont vous avez besoin.

Aussitôt l'abbé sorti, les chenapans se sont précipités sur moi. Ils m'ont jeté sur le plancher, ont renversé mon matelas et m'ont piétiné au cri de : « À mort le poète ! À mort ! »

4 août 1899

Mon père a fini par entendre raison et a promis de me sortir de ce nid de criminels. À la suggestion de l'abbé Thérien, on va me transférer à Longue-Pointe, dans une maison de santé dirigée par les membres de la même communauté.

7 août 1899

Depuis plusieurs jours, je suis revenu rue Laval. Ma santé s'est encore dégradée. Je me réveille la nuit et me mets à hurler de terreur. Ma mère essaie de m'apaiser. Je la repousse violemment. Mes deux sœurs habitent chez tante Elmina en attendant que mes crises cessent.

Le médecin est perplexe. Je l'ai entendu expliquer à mon père que des accès de fortes fièvres avaient sans doute provoqué chez moi des lésions cérébrales irréversibles...

Toujours est-il que j'oscille entre des moments de léthargie et d'agitation extrême. Parfois, je noircis des cahiers entiers d'une écriture fébrile et, quand je relis les lignes que je viens de composer, je frissonne d'effroi.

Prêtre, je suis hanté, c'est la nuit dans la ville (...)

En le parc hivernal, sous la brise incivile,
Lucifer rôde et va raillant mes désespoirs
Très fous !... Le suicide aiguise ses coupoirs !
Pour se pendre, il fait bon sous cet arbre tranquille.

Prêtre, priez pour moi, c'est la nuit dans la ville[94] !...

Maman a peur que je me donne la mort. Elle a lu quelques-uns de mes derniers poèmes et elle en a été si bouleversée qu'elle les a

---

94. Extrait du poème *Confession nocturne.*

montrés au docteur Brennan qui a aussitôt rempli et paraphé un papier tiré de sa
serviette.

— Je le ferai co-signer par un collègue,
a-t-il ajouté. J'aurais besoin également de la
signature de votre mari. On ne peut plus
attendre…

9 août 1899

Un fiacre est venu me chercher. Maman avait
préparé ma valise. Elle m'a embrassé et m'a
serré contre sa poitrine. Elle pleurait. Père a
parlé au *cabby*[95] puis m'a poussé à l'intérieur
de la voiture avant de s'assoir à mes côtés.

Maman s'est penchée à la portière et m'a
embrassé de nouveau. Je me sentais un peu
hébété. Je lui ai juste dit :

— Tu sais, maman, j'aurais pu devenir
un grand poète !

Puis le fiacre s'est ébranlé. Nous avons
traversé le Vieux-Montréal et j'ai eu la pénible
impression que je ne reverrais plus jamais ces
lieux où j'avais épuisé ma jeunesse turbulente.

Le cab a suivi la rue Notre-Dame, loin
dans l'est jusqu'à une route rurale qui nous a
menés à une vaste bâtisse de briques située

---

95. Cocher.

entre la route de Pointe-aux-Trembles et le fleuve. Au-dessus du portail était inscrit : Asile Saint-Benoît-Joseph-Labre.

Mon père m'a fait descendre. Deux infirmiers sont venus à ma rencontre. Ils m'ont entraîné sans me brusquer. Je me suis retourné.

Père m'a adressé un petit signe.

Je pense que lui aussi avait les larmes aux yeux.

Septembre 1899

Le personnel de Saint-Benoît est très gentil. Les docteurs Villeneuve et Poirier savent qui je suis et me parlent souvent de poésie. Le supérieur, frère Candide, est également plein de prévenance à mon égard.

On m'a fait subir de nombreux examens et j'ai réussi à lire ce que les docteurs Brennan et Chagnon ont noté dans mon dossier pour justifier mon internement : *dégénérescence mentale et folie polymorphe*. Le docteur Villeneuve, lui, a ajouté une précision à la plume : *démence précoce*[96].

---

96. Ancien nom pour désigner la schizophrénie.

Octobre 1899

Voilà, c'est dit. Je suis fou. C'est écrit. Cliniquement établi. Mon destin est accompli.

Il y a dans cet établissement soixante-quinze internés : des aliénés graves, des épileptiques, des alcooliques, des prêtres âgés frappés de sénilité, des déviants sexuels. Ils sont classés en trois catégories : curables, paisibles et agités. Je fais partie des paisibles.

Ma chambre est au deuxième étage. Je dispose d'un lit, d'une table, d'un coffre, d'un lavabo, d'un fauteuil et même d'une chaise. Ce qui est ici un privilège que n'ont pas les forcenés...

Novembre 1899

Combien de poèmes ai-je publiés dans les journaux : vingt et un ? Vingt-deux ? Vingt-trois, je crois... Que sont devenus mes manuscrits ? Combien de textes se sont perdus, semés aux quatre vents, donnés en cadeau à droite et à gauche, écrits dans un album pour faire plaisir à quelque jeune bécasse...?

Janvier 1900

Depuis combien de temps est-ce que je croupis à cet endroit ? Les jours, les semaines, les mois se ressemblent. Sans calendrier, sans journaux, je n'ai que des indices sur la marche inexorable du temps : les feuilles d'érable qui s'enflamment à l'automne… la première neige…

Quand il ne fait pas trop froid, après le déjeuner, je demande la permission d'aller au jardin. On me l'accorde presque toujours.

Je descends l'allée qui mène au bord du fleuve et, là, je m'assois sur un banc à l'abri d'un saule pleureur et je regarde les bateaux qui descendent le fleuve…

Mai 1900

Le frère Candide m'a confié une tâche : arroser les parterres de fleurs. J'aime ce travail.

Il repose ma pauvre tête…

Juin 1900

Je reçois parfois de la visite. La dernière fois, si ma mémoire est bonne, c'était celle de Robertine et de Charles Gill. J'ai eu de la difficulté à les reconnaître. Surtout Robertine qui m'a donné une enveloppe de la part de maman. Elle contenait des billets de banque. Il y avait aussi un colis pour moi : des friandises et des cigarettes. J'ai cherché à savoir pourquoi maman ne venait pas me voir. Robertine m'a répondu que sa santé ne le lui permettait pas, qu'elle n'en avait pas la force.

— Tu sais, elle pense à toi tous les jours, a-t-elle renchéri en me prenant les deux mains. Quand on publie des poèmes de toi dans les journaux, elle les découpe et les colle dans des cartes qu'elle place sur le manteau de la cheminée. Chaque fois que quelqu'un vient chez toi, elle s'empresse de les montrer, en précisant avec fierté : « C'est mon fils qui a écrit ça ! »

À la fin de la visite, Robertine m'a demandé si elle pouvait m'embrasser. J'ai acquiescé. Elle m'a promis de revenir.

Charles, lui, m'a serré la main chaleureusement.

— Soigne-toi bien. Tu sortiras bientôt. Tu sais, tu es célèbre maintenant. Tout le monde veut te lire. Arthur s'excuse de ne pas pouvoir venir. Je ne le vois pas souvent, mais je sais qu'il est comme une âme en peine depuis qu'ils t'ont enfermé ici… Le père Seers également te salue. Il ne t'a pas oublié non plus. Il m'a chargé de te dire qu'il ne tarderait pas à te rendre visite pour te parler de ses projets.

Juillet 1900

Germain Beaulieu m'a apporté un exemplaire d'un livre[97] où figurent plusieurs de mes poèmes. Je l'ai remercié. Il semble qu'autrefois j'ai été ami avec ce jeune homme bavard. Il m'a posé mille questions. Il a évoqué les beaux jours de l'École littéraire dont il aurait été président. Je ne me souvenais plus de rien. Il me citait des noms, des dates et de menus faits dont je n'avais gardé aucune trace. Je me suis senti pris de vertige. J'ai essayé en vain de faire comprendre à cet intrus qu'il devait cesser de remuer ainsi les cendres de mon passé. Hélas! Il a continué à me tourmenter... Alors, je me suis bouché les oreilles et j'ai commencé à crier de plus en plus fort. Là il s'est enfin tu.

Quand il a coiffé son chapeau et enfilé ses gants, je lui ai jeté son livre à la tête.

Août 1900

Quelle date sommes-nous? Je ne sais pas...

Les médecins m'ont interdit de recevoir d'autres visiteurs dans les mois à venir. Ces rencontres, qui ravivent en moi des souvenirs

---

97. *Les Soirées du château Ramezay*, paru en avril 1900, contenait dix-sept poèmes de Nelligan.

douloureux, me fatiguent trop les nerfs. Le docteur Villeneuve veut tenter sur moi un nouveau traitement : une cure de sommeil. La narcothérapie.

Chaque matin, la religieuse qui s'occupe de notre aile m'apporte mes pilules somnifères. Des barbituriques puissants qui me plongent dans une sorte de léthargie profonde. Un sommeil sans rêve. Un gouffre sans fond.

C'est à cela que doit ressembler la mort.

Quand je m'éveille, tout est confus dans ma tête. Ma mémoire est comme un miroir brisé qui ne me renvoie que des éclats de ma vie en miettes.

Exilé de moi-même, je ne me souviens plus de mes poèmes que j'essaie en vain de reconstituer.

Je ne parviens plus à mettre des noms sur les visages… J'ai cessé d'exister.

Hiver 1901

Il y a des mois que je n'ai pas ouvert ce journal. Je me demande s'il vaut la peine de le continuer. Je n'ai rien à y noter sinon la succession monotone des jours suivant un horaire de prisonnier qui porte le deuil de sa jeunesse et voit les rares moments de bonheur qui lui restaient s'écrouler un à un comme des murs de briques…

Printemps 1902

Quelle joie! Ma petite sœur Gertrude m'a rendu visite. Elle est toujours aussi adorable. Depuis l'enfance, c'est ma préférée. Quand nous jouions ensemble, j'étais son chevalier et je sauvais ses poupées à tête de porcelaine. Elle était tout en blanc avec une cocarde blanche dans ses longs cheveux. Elle a paru contente de me voir.

Elle s'est excusée de ne pas venir très souvent. Elle m'assure qu'elle en fait régulièrement la demande à maman, mais que celle-ci refuse de l'accompagner sous prétexte que son cœur en serait brisé. Or Gertrude n'ose pas prendre le tramway et finir le chemin en voiture toute seule. L'asile est si loin…

Elle apprend à jouer de la mandoline et a un amoureux. Un fils de cordonnier qui a construit une petite usine dans la basse- ville. Ils vont se marier et il est possible qu'elle parte dans l'Ouest avec lui. Il s'appelle Émile comme moi. Émile Corbeil.

Début de l'été 1902

Ce matin on m'a annoncé la plus surprenante des nouvelles. Maman, qui n'était jamais venue me voir depuis mon internement, il y a trois ans, annonçait enfin sa visite.

Je me suis donc rasé de près. J'ai mis ma plus belle chemise rayée et une des infirmières m'a aidé à nouer ma cravate.

— Vous êtes très beau, monsieur Nelligan, m'a-t-elle assuré. Votre mère sera fière de vous !

Celle-ci s'est présentée dans l'après-midi en compagnie d'une amie journaliste[98] qui, par délicatesse, a tenu à nous laisser seuls.

Nous sommes restés assis l'un en face de l'autre un long moment sans parler.

Maman était habillée en noir, comme autrefois. Je ne saurais rapporter fidèlement ce que nous nous sommes dit. Peu de choses en vérité. Elle m'a donné des nouvelles de la famille et a voulu savoir si on me traitait bien. Une seule fois, elle a abordé le sujet de mes manuscrits, qu'elle conserve, mais dont elle ne sait que faire ni à qui les confier. Elle les avait lus et m'a avoué qu'elle se sentait mal à l'aise à l'idée que certains poèmes la concernant tombent un jour entre des mains étrangères.

Je lui ai dit :

— Brûle-les ! S'ils t'ont fait de la peine, je les répudie. Dis à ceux qui en auraient gardé copie de les détruire aussi. C'est mon testament à Dieu et ma réparation envers toi.

---

98. Anne-Marie Gleason-Huguenin (1875-1943) qui avait remplacé Robertine Barry à *La Patrie* et signait ses articles : Madeleine.

Sinon, tout le reste de la visite, elle s'est efforcée de paraître sereine mais, plus les minutes s'écoulaient, plus elle était nerveuse. Je le sentais. Sa voix s'altérait jusqu'à ne plus produire qu'un murmure à peine audible. Ses belles mains de musicienne tremblaient et ses yeux étaient baignés de larmes.

— Mon pauvre Émile! répétait-elle sans arrêt.

Moi non plus je ne me sentais pas très bien.

La tête courbée sous le poids d'une immense culpabilité, j'avais l'impression que toutes mes pensées tourbillonnaient dans mon crâne à m'en donner le vertige. Mes jambes se sont mises à s'agiter d'un mouvement nerveux hors de mon contrôle. Mes lèvres bougeaient sans pouvoir articuler un seul mot...

Un frère, venu vérifier si tout se passait normalement, s'est penché vers ma mère.

— Il vaut mieux que vous le laissiez...

Maman s'est levée, déconcertée. Elle m'a embrassé sur le front comme lorsque j'étais enfant et a balbutié tout en marchant à reculons vers la porte :

— Je reviendrai bientôt, Émile! C'est promis...

Je l'attends[99].

---

99. Elle ne revint jamais le voir.

Fin de l'été 1902

Maman n'est pas revenue. Personne d'autre, d'ailleurs. À part le père Seers, ou plutôt, Louis Dantin, puisqu'il veut qu'on l'appelle par ce nouveau nom.

Nous avons discuté un peu. Aussitôt que je serai guéri, il veut que nous composions des vers ensemble. Il me montrera les rudiments du métier de typographe et nous les imprimerons à la main pour un cercle restreint d'amateurs de vraie poésie.

Je l'ai écouté distraitement. Il parlait beaucoup. Je n'aime pas qu'on parle trop. Ça me donne mal à la tête... J'ai cru comprendre qu'il voulait demander à ma mère de lui confier mes papiers pour éventuellement publier un recueil de mes meilleurs poèmes[100]. Il voulait savoir si j'étais d'accord. J'ai haussé les épaules. Il a eu l'air satisfait... Il m'a demandé également

---

100. Le père Seers entreprit effectivement de réunir les poèmes de Nelligan en recueil, mais il dut quitter Montréal pour Boston, le 25 février 1903, avant d'avoir achevé sa tâche. Seers, qui avait déjà eu une liaison en Europe, venait de prendre une nouvelle maîtresse, Clotilde Lacroix, qui lui donna une fille. Exclu de sa communauté, il remit à Mme Nelligan, avant de partir, les transcriptions qu'il avait effectuées des poèmes de Nelligan et les soixante-dix premières pages qu'il avait déjà imprimées sans l'accord de sa congrégation. Sous le nom de Louis Dantin, Eugène Seers finira sa vie comme employé typographe aux presses de l'Université Harvard.

si j'écrivais encore et a insisté pour lire les carnets que je conserve au fond de mon coffre. J'ai refusé de peur qu'on me les confisque ensuite. Il a paru troublé et déçu…

Automne 1902

Parfois le docteur Villeneuve m'apporte des journaux. Surtout si l'on y parle de moi. Il m'a tendu plusieurs numéros des *Débats* en me montrant une longue étude qui m'était consacrée et qui s'étalait sur plusieurs jours.

— C'est signé : Louis Dantin. Vous le connaissez, n'est-ce pas ? Je n'ai pas eu le temps de tout lire, mais un collègue m'a rapporté qu'on vous décrivait comme un jeune dieu prodigieusement doué !

J'ai ouvert le premier quotidien et j'ai commencé à parcourir le début de l'article[101] qui commençait par ces mots :

Émile Nelligan est mort. Peu importe que les yeux de notre ami ne soient pas éteints, que le cœur batte encore les pulsations de la vie physique, le cerveau où germait sans culture une flore de poésie puissante et rare, le cœur naïf et bon sous des dehors blasés, tout ce que Nelligan était pour nous, en somme, et tout ce que nous aimions en lui, tout

_____
101. Publiés entre le 17 août et le 28 septembre 1902.

cela n'est plus. La névrose, cette divinité farouche, qui donne la mort avec le génie, a tout consumé, tout emporté. Enfant gâté de ses dons, le pauvre poète est devenu sa victime. Elle l'a broyé (...) comme elle broiera, tôt ou tard, tous les rêveurs qui s'agenouillent à ses autels...

Le médecin était toujours au pied de mon lit, attendant de voir ma réaction.

J'ai replié les feuilles imprimées, incapable de poursuivre ma lecture. Je me suis juste permis une remarque :

— Docteur, savez-vous pourquoi l'auteur de cet article parle de moi comme si j'étais mort ?

Sans brusquerie, le médecin m'a pris le journal des mains et s'est mis à lire le texte.

Il a pâli et, visiblement fâché par sa propre méprise, il est sorti en emportant les autres journaux.

— Excusez-moi, monsieur Nelligan, oubliez tout ça...

Printemps 1904

Le docteur m'a apporté un livre de poèmes. Il avait l'air tout excité. J'ai été très surpris quand il m'a prié de l'autographier.

— Ce sont vos poèmes! Votre mère vient de les faire imprimer chez Beauchemin[102]. Il a ouvert le volume devant moi et m'a montré le portrait ornant la page de garde.

— Mais c'est moi! ai-je dit étonné.

— Oui et on parle de vous dans tous les journaux[103]. Il paraît que votre œuvre a même été accueillie avec admiration chez nos cousins français!

J'ai feuilleté le livre. Un beau livre.

Le médecin me l'a enlevé doucement.

— Pensez-vous que je pourrais en avoir un exemplaire? ai-je demandé.

Le docteur Villeneuve a secoué la tête, embarrassé.

— Je ne pense pas que ce serait une bonne idée…

Je n'ai pas insisté.

Automne 1904

Gertrude vient de se marier. Elle aurait voulu que j'assiste à la cérémonie. Les médecins ont jugé que mon état de santé était trop

---

102. Le recueil commencé par Louis Dantin fut achevé d'imprimer chez Beauchemin en février 1904.

103. Le livre fut effectivement bien reçu par la critique française. Il fit l'objet d'une étude de Charles ab der Halden dans la *Revue d'Europe et des colonies* (1905) et d'un article élogieux dans *Le Mercure de France* (février 1905).

166

fragile et que la moindre émotion forte risquait de provoquer chez moi des crises dommageables.

Ma petite sœur m'a envoyé une photo de son mariage et une carte de New York où elle a passé sa lune de miel. Elle croit qu'elle est enceinte[104] et elle me remercie chaleureusement, car ce sont les profits de mon livre qui, paraît-il, ont payé sa robe de noces.

1905

Il me semble qu'autrefois j'avais beaucoup d'amis… Que sont-ils devenus ?

Charles est le plus fidèle. Il m'apporte des revues et de vieux journaux. L'autre jour, il m'a signalé un passage du *Times* de Londres.

— Lis ! Lis ! a-t-il insisté débordant d'enthousiasme. On te porte aux nues !

J'ai lu la critique… Elle était si élogieuse que j'ai pensé que le journaliste se trompait de personne…

— Est-ce bien vrai, ce qu'on dit de moi ? Je ne suis rien.

---

104. Gertrude Corbeil aura huit enfants.

17 septembre 1905

Gertrude et son mari viennent d'avoir leur premier enfant.

Il s'appelle Maurice.

Juillet 1906

Visite d'Eva. Père est très malade. Cirrhose. Il va être forcé de prendre sa retraite en novembre. Je voudrais que ces tristes nouvelles m'inspirent une pensée généreuse ou un peu de compassion, mais mon cœur est vide...

Décembre 1906

Un jeune étudiant en médecine[105] vient souvent. Il a tout juste dix-sept ans. Je lui ai dédicacé le recueil de mes poèmes qui ne le quitte jamais.

1907

Je ne sais pas quoi écrire dans ce journal. Je l'ouvre chaque matin. Je reste le crayon levé. Ma tête est creuse. Mon cerveau, en bouillie.

---

105. Guy Delahaye (1888-1969). Il deviendra psychiatre et aliéniste à Saint-Jean-de-Dieu (1924). Il sera aussi poète sous le nom de Guillaume Lahaise et publiera deux recueils de poésies symbolistes.

Je le referme et le glisse sous mon matelas. Puis je vais m'asseoir dans la salle commune sur un banc aux côtés des autres malades.

Les heures passent.

Quelquefois un docteur de Saint-Jean-de-Dieu me pose une ou deux questions et prend des notes. Il arrive que l'un d'eux me demande un autographe. Je ne sais pas pourquoi on s'intéresse à moi…

1908

Eva m'a appris que maman ne va pas bien. C'est elle qui doit faire les courses à sa place et s'occuper du petit appartement où la famille a déménagé[106].

Il paraît que Louis Fréchette vient de s'éteindre. On m'a raconté qu'il s'était retiré avec sa femme à l'Institut des sourdes-muettes. Il est mort en rentrant chez lui, sur la pelouse, avec dans la main un bouquet de fleurs qu'il apportait à son épouse.

C'est une belle mort.

1909

Deux docteurs que je ne connaissais pas ont demandé à me voir. Ils m'ont cherché dans la salle parmi les malades.

---

106. Au 586, rue Saint-Denis.

Quelqu'un a crié en me désignant du doigt :

— C'est lui, le poète !

Ils m'ont fait passer une sorte d'examen et m'ont embrouillé avec leur interrogatoire.

L'un d'eux, l'air attristé, a fini par me poser une question qui m'a beaucoup troublé.

— Savez-vous au moins qui vous êtes ? Comment vous appelez-vous ?

J'ai hésité. Un nom m'est venu aux lèvres :

— Henri Heine.

— Henri Heine ? Bien… Si vous êtes Henri Heine, vous devez pouvoir citer quelques vers célèbres que vous avez écrits.

— Oui :

le sommeil est bon, la mort est meilleure
Mais le meilleur encore serait de n'être jamais né[107].

Il a paru encore plus perplexe. Cela m'a tracassé.

— Si je ne suis pas Henri Heine, monsieur, savez-vous qui je suis ?

1910

On m'a annoncé la mort de Robertine Barry[108]. Il paraît que je l'ai bien connue. J'ai

---

107. Ces mots sont effectivement du célèbre poète allemand Henri Heine (1797-1856).

108. Le 7 janvier 1910.

lu dans le journal la rubrique nécrologique la concernant. C'est bien triste, même si je ne me souviens plus très bien d'elle…

1911

J'ai entendu le médecin parler de ma maladie avec un de ses collègues. Il a utilisé un mot étrange que je n'avais jamais entendu : schizophrénie[109].

1912

D'après Eva, maman est très malade. Cancer du sein. Pauvre maman…

1913

J'ai reçu un faire-part annonçant la mort d'un certain Arthur de Bussières[110]. J'ai fouillé dans ma pauvre mémoire dévastée. Je suis incapable de mettre un visage sur ce nom. Cependant, je sais qu'il m'est cher et j'en éprouve une peine immense…

---

109. Le mot fut inventé par le psychiatre suisse Eugène Bleuler à partir des racines grecques *skhizein*, «fendre» et *phrénie*, «esprit».

110. Mort en mai 1913.

Maman est morte[111]. C'est Gertrude qui a téléphoné et une religieuse est venue me le dire.

Maman est morte et je suis resté là, assis sur le bord de mon lit à fixer le mur. Je n'ai pas pleuré. J'avais juste l'impression d'étouffer.

Finalement, je me suis levé et j'ai parcouru les deux ailes et les trois étages de l'asile en abordant tous les malades et tous les membres du personnel pour leur apprendre la nouvelle :

— Maman est morte ! Maman est morte !

Les préposés me consolaient gentiment d'une tape sur l'épaule. Certains malades, eux, se mettaient à hurler, à trépigner et à taper sur les accoudoirs de leurs chaises berceuses. D'autres riaient.

Je suis retourné dans ma chambre et j'ai revêtu mon costume le plus propre. Puis, je me suis rendu jusqu'à la porte principale. Elle était fermée à clé. J'ai secoué la poignée…

Un gardien est accouru.

— Où comptez-vous aller comme ça, monsieur Nelligan ?

Je lui ai répondu :

— Je vais aux obsèques de ma mère !

---

111. Madame Nelligan mourut le 6 décembre 1913 des suites de son cancer.

L'homme m'a ceinturé et a tenté de me faire faire demi-tour. Je me suis libéré d'un geste brusque et j'ai tambouriné sur la vitre.

— Ouvrez-moi! Ouvrez-moi, pour l'amour de Dieu! Elle m'attend!

D'autres infirmiers sont arrivés en courant et m'ont pris à bras-le-corps.

Un médecin m'a fait une piqûre.

— Voyons, soyez raisonnable…

Je me suis éveillé sur mon lit, solidement immobilisé par des entraves de contention.

C'est alors que j'ai éclaté en sanglots.

Printemps 1915

Ce matin, une des religieuses qui vient changer les draps de mon lit n'arrêtait pas de renifler et de s'essuyer les yeux avec le coin de son tablier. Je lui ai tendu un de mes mouchoirs.

— Vous avez du chagrin, ma sœur?

— Ce n'est rien… Ce n'est rien. Excusez-moi.

Je l'ai invitée à s'asseoir un moment.

Elle a levé vers moi son beau visage jusque-là caché sous sa cornette.

— C'est mon frère, monsieur Nelligan, il est tombé là-bas à Ypres, asphyxié par les gaz.

Comme je ne disais rien, elle a souri tristement en reprenant ses draps sales.

— C'est la guerre, monsieur Nelligan,
vous ne pouvez pas comprendre...

Automne 1918

Visite d'Eva.

Elle portait un masque sur le visage et ne
pouvait rester longtemps. Elle a très peur de
la grippe. La grippe espagnole qui, d'après
elle, aurait fait trois mille morts à Montréal.

Elle doit se tromper.

Ce serait les soldats blessés revenant
d'Europe qui auraient apporté ici la maladie.

Eva m'a énuméré les noms de tous ceux
de notre entourage qui ont été emportés par
le fléau en trois jours à peine.

Je l'ai interrompue une seule fois :

— Charles Gill ? J'étais ami avec celui-
là... Pas vrai ?

— Oui.

1920

Eva vit maintenant avec père à Outremont,
rue Querbes. Je la vois une ou deux fois par
an. Elle ne sort presque jamais. Elle a toujours
eu peur des gens et, quand nous étions jeunes,
elle attendait qu'il fasse nuit pour aller se
promener dans le parc en avant de chez nous.

Je me souviens de quelques vers que j'avais écrits pour elle, à cette époque :

Hier, j'ai vu passer, comme une ombre qu'on plaint,
En un grand parc obscure, une femme voilée ;
Funèbre et singulière, elle s'en est allée...

Tous la verront passer, feuille sèche à la brise
Qui tourbillonne, tombe et se fane en la nuit ;
Mais nul ne l'aimera, nul ne l'aura comprise[112].

Aujourd'hui : visite de Gertrude, de son mari et de leur fils Maurice. L'enfant pleurait. Ça m'a fatigué.

1923

D'après Eva, père est très malade. Son foie. Gertrude aussi. Le même mal qui a emporté maman.

Été 1924

Père est mort[113].

---

112. Extrait du poème *La Passante*.
113. Il mourut le 11 juillet 1924 sans jamais avoir rendu visite à son fils.

Printemps 1925

Gertrude vient de mourir à son tour[114]. À quarante-deux ans. On l'a enterrée à côté de maman au cimetière Côte-des-Neiges. Eva s'inquiète pour les enfants. Ils sont très jeunes. Elle dit que leur père est un homme sévère et près de ses sous.

Nous avons récité ensemble une prière pour le repos de l'âme de notre petite sœur.

Quand Eva m'a quitté, je lui ai posé une question :

— Pourquoi au lieu de prendre Gertrude, qui aimait tant la vie, le bon Dieu n'est-il pas venu me chercher moi ?

Elle n'a rien répondu.

Eva ne dit jamais rien. Elle a toujours souffert en silence.

Été 1925

C'est mon beau-frère Émile Corbeil qui s'occupe maintenant de mes affaires. Le religieux qui dirige l'asile m'a averti que cela faisait plusieurs mois que ma pension mensuelle de vingt dollars n'avait pas été versée. Il s'en étonnait car, du vivant de père, celle-ci était acquittée ponctuellement. Il en avait discuté

---

114. Elle décéda le 5 mai 1925 d'un cancer du sein.

avec monsieur Corbeil et lui avait même proposé de réduire ma pension à dix dollars, mais celui-ci ne voulait rien entendre.

— Je regrette, monsieur Nelligan, m'a dit le directeur, mais si le montant dû n'est pas réglé d'ici deux semaines, vous devrez quitter la maison…

Depuis ce jour, je vis dans l'angoisse. Père m'avait pourtant laissé un peu d'argent… Et les droits que rapporte mon livre ! Où est Eva ? Que vais-je devenir ?

Émile Corbeil s'est enfin manifesté. Le directeur m'a convoqué à son bureau. Mon beau-frère était là en compagnie de deux médecins de l'institution.

— Bonjour Émile, m'a-t-il dit. J'ai réussi à convaincre ces messieurs que le meilleur endroit pour vous refaire une santé serait encore au sein de votre propre famille. Vous venez vous installer chez nous…

Cette nouvelle aurait dû me réjouir, mais je me doutais que cette décision surprenante n'avait pas été véritablement prise dans un élan de générosité. D'après Eva, maman n'aimait guère ce jeune homme distingué, ce fils d'artisan devenu patron, qui s'est enrichi avec la guerre et se targue sans arrêt d'être le président de toutes sortes de compagnies. C'est le genre qui, pour économiser dix dollars, est bien capable de mettre à la rue père et mère…

Je ne m'étais pas trompé. Après une semaine passée dans sa famille, mon cher beau-frère a sorti son jeu.

J'étais confortablement installé dans un fauteuil de cuir, une de mes nièces sur mes genoux, quand il m'a offert un verre que j'ai refusé.

— Vous devez vous embêter à ne rien faire, a-t-il commencé.

Puis il a parlé, parlé… Je ne sais plus ce qu'il a dit… Que « le travail éloigne trois grands maux : l'ennui, le vice et le besoin[115] ». Qu'il avait justement un petit emploi pour moi à sa *shop*… Que ça me distrairait…

Depuis le début de juillet, je couds des empeignes et je colle des semelles dans l'usine de chaussures de mon beau-frère. Je ne travaille pas assez vite et le contremaître me

---

115. Citation tirée du *Candide* de Voltaire.

dispute souvent. Je fais de mon mieux, mais j'ai des absences et je me suis déjà blessé à deux reprises. Une fois en me perçant la paume de la main avec une alène. Une autre fois en coupant du cuir.

Ce matin je me suis arrêté devant le portail ouvert de la manufacture. Un groupe de jeunes ouvrières est passé à côté de moi.

Elles ont ri en me regardant et j'en ai surpris une qui disait à l'oreille de sa compagne :

— C'est le fou !

J'ai fait demi-tour et j'ai marché dans la ville toute la journée. Le soir, j'ai dormi sous un viaduc. Un clochard m'a offert un quignon de pain et j'ai bu au goulot avec lui.

La ville a beaucoup changé. De grands immeubles en béton. Des automobiles qui vous cornent dès que vous mettez un pied sur la chaussée. J'ai failli me faire écraser à plusieurs reprises.

Je récite des vers la main tendue. Presque personne ne s'arrête pour me faire l'aumône d'une petite pièce. Les gens sont trop pressés.

21 octobre 1925

Mes hallucinations ont recommencé et j'entends de nouveau des voix. Mais elles ne m'effraient plus. Ce sont des voix musiciennes, comme des voix d'anges. La Sainte Vierge elle-même s'est présentée à moi plusieurs fois. Elle a les traits de maman et m'invite à suivre une étoile qu'elle allumera bientôt pour moi…

22 octobre 1925

À la nuit tombée, je l'ai vue, scintillante, et les yeux au ciel, je me suis mis en route en suivant la rue Notre-Dame. À l'aube, je me suis retrouvé en plein champ. Au loin, j'ai reconnu l'asile Saint-Benoît. J'ai sonné à la porte. On m'a ouvert.

23 octobre 1925

Sur les conseils des frères, j'ai demandé à être admis à l'hôpital Saint-Jean-de-Dieu, tout proche.

Un des médecins[116] qui assiste le surintendant de l'établissement m'a accueilli avec

---

116. Le docteur Alcée Tétreault, titulaire de la chaire de clinique mentale.

beaucoup de bonté. Semble-t-il que nous somme allés à l'école ensemble. La directrice, sœur Marguerite d'Écosse, a été moins avenante et m'a dévisagé d'un regard sévère. Je lui ai avoué que je n'avais pas d'argent… J'étais désolé…

Elle m'a coupé la parole.

— Ne vous inquiétez pas. Ici, les pensionnaires sont logés et nourris aux frais de l'État. Vous serez bien traité dans la mesure où vous respecterez les règlements et accepterez docilement les soins qui vous seront prescrits.

Puis, elle m'a tendu une fiche que j'ai eu beaucoup de difficulté à remplir tant ma main tremblait. J'avais aussi très peur de me tromper à cause de ma mémoire défaillante :

Nom : Nelligan, Émile
Résidence : Montréal
Âge : 44 ans ?
État civil : célibataire
Religion : catholique

Sous la rubrique «profession», j'ai hésité à marquer «cordonnier».

— Que faisiez-vous lorsque vous étiez jeune ? s'est impatientée la religieuse.

— J'étais poète, ma sœur.

Elle a soupiré.

— Alors inscrivez : «profession : aucune».

Elle a complété elle-même le reste de ma feuille d'admission, en remplissant les cases, après m'avoir fait monter sur une balance et placer sous la toise.

Taille : 5 pieds 7 et $^3/_4$
Poids : 148 livres
Yeux : bleus
Cheveux : grisonnants
Numéro d'admission : 18136

Quand elle a eu terminé, elle m'a confié à deux infirmières qui m'ont mené à la salle commune Saint-Patrice. Le nom m'a fait sourire.

— Vous savez, c'était le prénom de mon grand-père… ou de mon père… Je ne me souviens plus très bien…

1928

Je fais encore parfois des crises d'angoisse. Je me sens cerné, traqué… Alors je me mets à marcher au hasard, le regard fixe.

> *Je hais tellement, que tellement je veux*
> *De mes longs doigts crispés m'arracher les cheveux,*
> *Me tordre et, me brisant en crise de démon,*
> *Avorter tout mon être en crachant mes poumons[117].*

Pour éviter que je me mutile ou me fasse mal, on m'a rasé le crâne. Quand je me vois

---

117. Extrait d'un poème d'hôpital.

dans un miroir, je découvre un inconnu qui me regarde avec un air si farouche que j'ai peur et me mets à crier.

1930

Quand je traverse une crise aiguë, on me passe la camisole de force et on me descend au sous-sol dans une pièce bétonnée. Là on me déshabille entièrement et un infirmier armé d'une lance d'incendie m'arrose d'eau glacée pendant de longues minutes. Ensuite, on m'enveloppe dans un drap mouillé et je grelotte en claquant des dents, jusqu'à ce que l'on juge que le traitement a produit les effets bénéfiques désirés.

Parfois on me fait subir d'autres cures. Par exemple, au lieu de me donner des douches froides, on m'enferme dans un endroit surchauffé afin que je sue abondamment[118].

Je vais un peu mieux. Une des infirmières, mademoiselle Germaine Casaubon, s'est prise d'affection pour moi. Elle a obtenu de l'administration que je l'aide à distribuer le lait, le linge propre et les médicaments à titre de « malade ambulant ».

118. Cette technique porte le nom de pyrétothérapie.

Je pousse son chariot dans les couloirs.
Elle me parle gentiment et me taquine.

— Avec vos bras ballants, vous avez l'air
d'un enfant timide pris en défaut. Vous ne
souriez jamais, monsieur Nelligan ? Pourquoi
marchez-vous comme ça, la tête basse ?

En général, les infirmières m'aiment bien.
Elles disent que je suis devenu un malade
exemplaire. Bien qu'un peu taciturne. Elles
me reprochent aussi quelquefois de ne pas
assez prendre soin de ma toilette, surtout
quand je noue mal ma cravate ou quand je
boutonne ma chemise de travers.

On me laisse maintenant fréquenter la
bibliothèque et lire les journaux, mais je me
fatigue vite.

J'essaie de faire les mots croisés.

Aujourd'hui, il y a eu une petite fête et
on m'a demandé de réciter quelques poèmes
devant les autres malades. L'un des pen-

sionnaires qui joue du violon m'a accompagné. Quand je me suis senti un peu fatigué, j'ai salué et j'ai demandé qu'on me reconduise à ma chambre.

Le spectacle n'a d'ailleurs pas duré très longtemps, car un des patients a piqué une crise et s'est roulé par terre en renversant toutes les chaises.

Printemps 1931

Aujourd'hui, dimanche, des élèves d'un collège m'ont rendu visite. Une dizaine. Très jeunes.

La supérieure, sœur Marguerite, est venue me chercher sur la galerie où je me berçais. Elle m'a fait signe de me lever et de m'approcher. Elle m'a dit :

— Des collégiens désirent vous voir. Le professeur qui les accompagne, frère Albert, serait très heureux que vous acceptiez de les rencontrer. Venez, Émile !

J'ai suivi sans broncher sœur Marguerite jusqu'à la grande salle où les élèves m'attendaient, alignés, silencieux. À ma vue, ils ont ôté leur casquette avec respect et le professeur s'est avancé pour me serrer la main.

— Très honoré, monsieur Nelligan. Nous sommes du Mont-Saint-Louis. Vous connaissez sans doute notre école. Je crois même que vous avez étudié chez nous[119]... Vous savez, vos poèmes sont aux programmes de nos classes...

Je lui ai répondu que je ne me souvenais plus très bien... C'était si loin!

Il m'a posé d'autres questions auxquelles je n'ai pas prêté attention. Il y avait trop de bruit. Des malades qui se berçaient en geignant. D'autres qui marchaient de long en large en parlant tout seuls.

J'ai demandé si je pouvais retourner m'asseoir...

Mais l'enseignant s'est alors adressé à la religieuse:

— Ma sœur, pensez-vous que monsieur Nelligan accepterait de réciter une de ses poésies pour nous?

Sœur Marguerite a saisi mon bras et de son habituel ton sans réplique, m'a ordonné:

— Émile, *Le Vaisseau d'or*!

Chaque fois que je rencontre des gens, on me force à réciter ce poème.

J'ai fouillé dans mes souvenirs et quelques vers me sont revenus.

---

119. Nelligan fut élève du collège Mont-Saint-Louis entre 1891 et 1893.

Ce fut un vaisseau d'or taillé dans l'or massif :
Ses mâts cerclaient l'azur sur des mers inconnues ;
La... La... Cipryne d'amour, chevaux épars, chairs nues,
S'étalaient à sa proue au soleil explosif...
... Mais il vint une nuit frapper le grand écueil...
Que reste-t-il de lui dans la tempête brève ?
Hélas ! Il a sombré dans l'abysse du rêve !

Sœur Marguerite a paru très fâchée.

— C'est assez ! a-t-elle coupé sèchement.

Je me suis excusé. Je leur ai dit que j'étais épuisé. Que j'avais mal à la tête.

Les enfants semblaient déçus. Le professeur m'a demandé de lui autographier le recueil de mes poèmes qu'il avait apporté.

J'ai sollicité la permission de retourner m'installer sur la galerie. Sœur Marguerite, agacée, m'y a autorisé d'un signe de la main. J'ai été content de retrouver ma chaise berçante. J'ai allumé une cigarette. En me berçant tranquillement, les mots du poème ont flotté brièvement dans mon esprit comme des feuilles mortes qui tourbillonnent un moment et que le vent emporte...

Que reste-t-il de lui dans la tempête brève ?
Qu'est devenu mon cœur, navire déserté ?
Hélas ! Il a sombré dans l'abîme du rêve !

1931

Le docteur Omer Noël est notre nouveau surintendant. Un homme affable que tout le monde appelle le bon docteur Noël.

On m'a confié une nouvelle tâche à l'hôpital. Je classe des papiers pour l'administration.

J'ai encore dû recevoir des visiteurs. Des inconnus qui se disent mes admirateurs. Ils me demandent toujours de leur réciter quelque chose. Mais je ne me souviens plus de mes poèmes. Seulement quelques lambeaux de vers qui ne sont pas de moi :

> *Mon enfant, ma sœur,*
> *Songe à la douceur*
> *D'aller là-bas vivre ensemble !*
> *Aimer à loisir,*
> *Aimer et mourir*
> *Au pays qui te ressemble[120] !...*
> *L'homme est un apprenti ; la douleur est son maître,*
> *Et nul ne se connaît tant qu'il n'a pas souffert[121].*

---

120. *L'Invitation au Voyage* de Charles Baudelaire.
121. *La Nuit d'octobre* de Musset

Le ciel m'a confié ton cœur.
Quand tu seras dans la douleur,
Viens à moi sans inquiétude.
Je te suivrai sur le chemin,
Mais je ne puis toucher ta main,
Ami, je suis la solitude[122].

Tous ces visiteurs me harcèlent pour savoir si je me souviens d'untel ou untel qui lui m'a bien connu. Ils paraissent fiers de me rencontrer car, disent-ils, je suis un homme illustre.

Je leur réponds :

— Autrefois, j'ai songé à la gloire, mais maintenant tout cela est fini.

Certains ont l'air dépités et prennent congé en me priant de leur signer au moins un autographe...

1932

Il paraît qu'aujourd'hui un ancien ami, Jean Charbonneau, va parler de moi à la radio[123]. Pour que je puisse écouter l'émission, les sœurs m'ont aménagé un petit coin dans la grande salle avec une table et une chaise pour moi seul.

---

122. *La Nuit de décembre* de Musset.
123. Cette émission, *L'Heure provinciale,* fut diffusée le 19 avril 1932.

J'ai écouté la voix qui récitait mes vers. Je ne l'ai pas reconnue. Mes vers, non plus.

Je crois que je me suis endormi.

Au bout d'un quart d'heure, je me suis levé et j'ai averti l'infirmier qui me surveillait :

— Bonsoir, monsieur, je suis trop las. Je vais me coucher. Demain, j'aurai beaucoup de linge à distribuer…

Le bon docteur Noël a décidé que, désormais, je coucherai dans le dortoir avec les autres *élèves* (*sic*). Il juge qu'il est préférable pour moi de rester au contact des autres malades plutôt que de me morfondre entre quatre murs une bonne partie de la journée.

Je refais des cauchemars éveillés. Des spectres en flammes passent devant mes yeux et je vois mon âme qui râle au fond d'un puits noir.

Ma tante Elmina est morte[124]. Ils sont tous morts : maman, Gertrude… Je les reverrai tous bientôt, je le crois bien.

---

124. Décédée le 5 juillet 1932.

Pour la première fois depuis des années, on m'a laissé quitter l'hôpital et autorisé à passer toute une fin de semaine au chalet de Gonzalve Desaulniers, sur les bords de la rivière des Prairies.

Gonzalve a évoqué plein d'épisodes de notre jeunesse folle dont je n'ai gardé aucune souvenance. Il est juge maintenant et, visiblement, il était flatté de me présenter sa famille.

J'ai passé deux belles journées, installé dans un fauteuil d'osier, entouré de jolies femmes. Il faisait beau. On m'a servi du thé et des petits gâteaux délicieux. J'ai signé des livres de moi. On m'a pris en photo.

I was happy[125].

La semaine suivante, j'ai reçu par messagerie une enveloppe brune contenant un cliché que j'ai montré à ma bonne amie Germaine.

— À la bonne heure! Au moins, sur celle-là, vous souriez!

Après mon service, j'ai épinglé la photo à la tête de mon lit. Mais le lendemain, quelqu'un me l'a volée et je l'ai retrouvée toute déchirée.

J'ai tenté de recoller les morceaux…

---

125. J'étais heureux.

Je pense que je vais cesser de tenir ce journal. À quoi bon?

1933

On a décidé de tester sur moi un nouveau traitement miracle. On m'injecte des doses massives d'insuline qui me plongent dans un coma profond et provoquent chez moi des convulsions si douloureuses que les médecins ont décidé à regret d'interrompre ma cure[126]. *I thanked them*[127].

1935

C'est Eva qui a retrouvé mon journal en m'aidant à faire un peu de ménage. Il était au fond du tiroir de ma table de nuit avec quelques objets que je conserve précieusement : un portrait de maman, son chapelet, des bouts de crayons et des carnets que les infirmières m'achètent et me donnent en cachette.

---

126. L'insulinothérapie, ou cure de Sakel, fut mise au point par le docteur Manfred Sakel en 1933. Elle provoquait un choc hypoglycémique entraînant un coma supposément bénéfique pour le patient.

127. Traduction : Je les ai remerciés.

Eva m'a incité à noter de nouveau les menus événements qui meublent mon quotidien. Ce sont des miettes de vie ou plutôt d'humbles épaves intellectuelles qui, sans doute, n'ont d'intérêt que pour moi-même.

1936

Eva m'a rendu visite. Elle m'a paru exténuée. Elle a gardé son manteau et a juste ôté sa toque de fourrure. Elle m'a apporté des cigarettes, des bonbons et les gâteaux que je préfère : ceux avec de la crème et du miel.

Elle s'est assise sur mon lit, les deux mains entre les genoux. Elle n'a pas beaucoup parlé et je sentais qu'elle avait une mauvaise nouvelle à m'annoncer.

Au bout d'une heure, juste avant de me quitter, elle a enfin exprimé ce qu'elle avait sur le cœur.

— Je pars en Floride pour trois mois, Émile. Je ne pourrai pas revenir te voir avant avril. Tu ne m'en voudras pas ?

I told her no. She seemed relieved[128].

---

128. Traduction : Je lui ai dit : non. Elle a semblé soulagée.

1937

J'ai reçu une carte postale de Californie. C'est Eva qui me l'a envoyée. Elle écrit mal. J'ai eu de la difficulté à déchiffrer son message. Je crois qu'elle parlait de la mer et du soleil. Je ne reçois pas souvent de jolies cartes postales comme celle-là. Je l'avais fixée au-dessus de mon lit. *It was stolen from me*[129].

J'attends Eva depuis quatre mois. J'ai demandé à une des sœurs :

— *Is she ill*[130] ?

Elle m'a répondu :

— Je n'en sais rien… êtes-vous allé à la toilette, ce matin ? Vous avez pris vos pilules ?

1938

Une jeune infirmière du nom d'Angélina[131] prend soin de moi. Elle est très attentionnée. Elle a lu mes poèmes quand elle était écolière et elle se désole que je n'écrive plus.

Pour lui faire plaisir, je lui ai transcrit de mémoire dans un carnet des poésies d'autres

---

129. Traduction : On me l'a volée.
130. Traduction : Est-ce qu'elle est malade ?
131. Angélina Grenier-Bournival.

auteurs que j'aimais bien. Mais je ne suis pas sûr de les rendre fidèlement.

Angélina m'a apporté plusieurs carnets neufs en me disant que, cette fois-ci, elle aimerait que je lui écrive des textes plus personnels.

Autrefois, je savais par cœur tous mes poèmes. Maintenant, quand j'essaie de les réécrire, ils me viennent si déformés que j'en pleure de honte.

Mon âme a la candeur d'une affaire étoilée
D'une jambon de février...

C'était un grand vaileau tailé de l'or masif...

Au sombeau de l'Enfante aussitôt allée
Ma chère, venez vouprier[132]*...*

Everything is swirling in my head. I still hear the noise, the music[133], mais les mots se bousculent et s'alignent de manière chaotique pour donner un charabia désolant.

Fasse que personne ne lise cela un jour...

J'aime beaucoup une autre des religieuses : sœur Noëlla. Elle est chargée de la bibliothèque. J'essaie de lire les livres qu'elle me

---

132. Voir les poèmes d'asile dans l'édition d'André Marquis, *Poésies*, éditions Triptyque.

133. Traduction : Tout se mêle dans ma tête. J'entends encore les sons, la musique.

prête. Hélas ! J'oublie les mots dès que je les ai lus. Alors je relis vingt fois les mêmes pages. Je perds le fil et je finis par abandonner.

Sœur Noëlla voudrait, elle aussi, que je me remette à écrire. Je lui répète que j'essaie de me rappeler mes anciens poèmes et que je les note dans des carnets.

Une fois, je lui ai même confié que, pour lui faire plaisir, je souhaiterais que des pépites d'or sortent de ma tête.

Elle a rougi et m'a souri.

The doctor ordered me to stop smoking or to smoke less[134]. Eva continue de m'apporter des cigarettes, mais elle n'a pas le droit de me fournir les allumettes. J'en ai réclamé à l'infirmière-chef.

Tous les jours je demande des allumettes à l'infirmière. Elle m'en donne seulement cinq par jour. Pas une de plus.

— Pourquoi si peu ? me suis-je plaint.

---

134. Traduction : Le docteur m'a ordonné de cesser de fumer ou de fumer moins.

— Ordre du médecin, a-t-elle rétorqué en haussant les épaules. Et que je ne vous prenne pas à fumer au lit! Hier, un patient de la salle Saint-Roch a failli mettre le feu.

1939

Ma santé est mauvaise. On m'a transféré de la salle Saint-Patrice à la salle Saint-Roch pour mieux me soigner. Je souffre, m'a-t-on dit, d'une péribronchite et d'une prostatite chronique. Mon cœur est également fatigué.

1940

Deux de mes neveux, Jean et Lionel sont devenus prêtres. Maurice, lui, a épousé la petite-fille de Louis Fréchette.

Ma tête me joue des tours et j'ai sorti, à cette enfant, une phrase ridicule:

— J'ai bien connu votre grand-père... Transmettez-lui mon bon souvenir.

Puis, je me suis souvenu que ce pauvre Fréchette était décédé depuis des années. Confus, je me suis excusé:

— Mais non, suis-je bête: il est mort... Je prierai pour lui.

Une autre de mes nièces, Juliette, va se marier à un docteur. Léo Ladouceur. Elle a promis de me présenter son mari.

Tous ces jeunes qui viennent me dire bonjour de temps en temps sont mes rayons de soleil.

Printemps 1941

J'ai d'affreuses migraines. Ma tête va éclater. *I don't sleep at night. Noise in my head. In my ears. More than before*[135]. Pire qu'avant. J'ai demandé qu'on m'isole des autres malades.

Le docteur veut me faire subir des électrochocs[136]. Je lui ai demandé si c'était douloureux. Il a esquissé une moue qui semblait vouloir dire que oui.

---

135. Traduction : Je ne dors plus la nuit. Il y a du bruit dans ma tête. Dans mes oreilles. Plus qu'avant.
136. Les électrochocs furent utilisés sur les malades mentaux à partir de 1940. Mis au point par Hugo Cerletti, ils étaient eux aussi censés produire des convulsions aux effets bienfaisants.

Ça va mieux. Je fais à nouveau les commissions pour les religieuses et les infirmières. Mes remèdes m'ont fait du bien. J'ai engraissé un peu. On m'a réinstallé dans une chambre à part. Avec les deux bonnes couvertures de laine qu'on m'a données, je suis bien.

Je dors.

Je rêve…

Été 1941

J'ai mal aux jambes. Je ne peux plus me lever sans aide. Le docteur m'a prescrit cinq gouttes de digitaline par jour pour mon cœur.

Automne 1941

Je n'ai pas uriné depuis deux jours. D'après le médecin, la rétention de liquide dans ma vessie serait devenue dangereuse. Il va falloir m'opérer.

On m'a enlevé la prostate. Je fais de la fièvre et je me sens très faible. L'aumônier de l'hôpital est venu me confesser et m'administrer

199

l'onction des malades[137]. Je l'ai prié de prendre dans mon tiroir le chapelet de maman et de me le donner.

Kyrie, eléison…
Sed libera nos a malo[138]…

La nuit tombe. Il a neigé. En face de mon lit, à ma demande, on a installé sur le mur un crucifix de bois noir que je ne quitte pas des yeux. Je ne souffre plus. Le soleil se couche…

Et les rayons ainsi que de pourpres épées
Percent le cœur du jour qui se meurt parfumé[139]…

J'ai sommeil. Mourir, dormir. Peut-être rêver[140]…

---

137. L'extrême-onction.
138. Traduction : Seigneur, ayez pitié, mais délivrez-nous du mal.
139. Extrait de *Romance du vin*.
140. *Hamlet,* acte III, scène 1. Nelligan mourut le mardi 18 novembre 1941 à soixante-deux ans, onze mois. Trois jours avant la Sainte-Cécile. Il fut enterré au cimetière Côte-des-Neiges, le 21.

Emile Nelligan

DANIEL

MATIVAT

N é le 7 janvier 1944 à Paris, Daniel Mativat a étudié à l'école normale de Versailles et à la Sorbonne avant d'obtenir une maîtrise ès arts à l'Université du Québec et un doctorat en lettres à l'Université de Sherbrooke. Il a enseigné le français pendant plus de trente ans tout en écrivant une quarantaine de romans pour la jeunesse. Il a été trois fois finaliste pour le prix Christie et deux fois pour le Prix du Gouverneur général du Canada. L'auteur habite aujourd'hui Laval.

Collection Conquêtes